D1323304

Gabrielle Lord

Traduit de l'anglais par Ariane Bataille

DÉCEMBRE

RAGEOT

À James.

La mise au point des textes médiévaux a été réalisée
avec l'aide précieuse de Christine Cancel.

Couverture : La cidule*grafic/Nathalie Arnau.

Suivi de la série : Claire Billaud et Guylain Desnoues.

ISBN 978-2-7002-3747-4

*Je m'appelle Cal Ormond,
j'ai seize ans,
je suis un fugitif...*

Les personnages de mon histoire...

Ma famille : les Ormond

- **Tom** : mon père. Mort d'une maladie inconnue, il a emporté dans la tombe le secret de notre famille qu'il avait découvert en Irlande. Il m'appartient désormais de percer le mystère de la Singularité Ormond grâce aux dessins qu'il m'a légués.
- **Erin** : ma mère. Elle croit que j'ai agressé mon oncle et que j'ai enlevé ma sœur. J'aimerais tant lui prouver mon innocence ! Sa personnalité a évolué, elle est constamment apathique. Je m'inquiète pour elle.
- **Gaby** : ma petite sœur, 9 ans. Elle est ce que j'ai de plus cher au monde. Après son enlèvement commandité par Oriana de Witt, elle a retrouvé ma mère et Ralf.

- **Ralf** : mon oncle. Il est le frère jumeau de mon père. Dérouté par son attitude depuis la disparition de ce dernier, je ne peux m'empêcher de me méfier de lui. Il s'est rapproché de ma mère à tel point qu'il a failli l'épouser. Il m'a assuré que l'un de ses buts les plus chers était de me protéger des dangers de la Singularité Ormond.

- **Black Tom Butler** : dixième comte d'Ormond et cousin de la reine Elizabeth Ière. Elle lui aurait offert le Joyau Ormond pour le remercier de ses loyaux services. Certains pensent qu'il est l'auteur de l'Énigme Ormond.

- **Bartholomé** : mon grand-oncle. Il a transmis sa passion de l'aviation à mon père. Quand je me suis réfugié auprès de lui dans sa propriété de Kilkenny, il m'a livré de précieux renseignements sur notre famille. Sa mort m'a beaucoup affecté.

- **Emily** : ma grand-tante, sœur de Bartholomé. J'ai récupéré ses documents sur la généalogie des Ormond au couvent de Manressa.

- **Piers** : un jeune homme mort au combat en 1918 pendant la première guerre mondiale. Un vitrail du mausolée de Memorial Park le représente sous les traits de l'ange dessiné par mon père. Lui aussi menait des recherches sur la Singularité Ormond. Je détiens désormais son testament.

Les autres

- **Boris :** mon meilleur ami depuis l'école maternelle. Passionné par le bricolage, très ingénieux, c'est un pro de l'informatique. Il est toujours là quand j'ai besoin de lui.
- **Winter Frey :** jeune fille belle et étrange. Après le décès suspect de ses parents, Vulkan Sligo est devenu son tuteur. Elle représente pour moi un constant soutien et je lui accorde toute ma confiance. Elle a découvert que Sligo avait saboté la voiture de ses parents, provoquant ainsi l'accident qui a causé leur mort. Elle souhaite livrer à la police les preuves réunies contre lui.
- **Ryan Spencer/Sam Ormond :** je sais à présent que ce garçon qui me ressemble comme deux gouttes d'eau est bien mon frère jumeau. Nous avons été séparés à la naissance.
- **Erik Blair/le fou :** j'ai rencontré ce collègue de mon père sans l'identifier la veille du nouvel an. Il m'a parlé le premier de la Singularité Ormond et conseillé de me cacher 365 jours pour survivre. Il se trouvait en Irlande avec mon père et a lui aussi contracté une maladie inconnue, dont il est aujourd'hui guéri.
- **Nelson Sharkey :** cet ancien inspecteur de police m'apporte régulièrement son aide. J'ai en lui une confiance absolue.

- **Pr Theophile Brinsley** : conservateur des livres rares du Trinity College de Dublin. Il m'a contacté sur mon blog, m'incitant à lui rendre visite en Irlande. Il est prêt à me révéler des informations précieuses concernant l'Énigme Ormond.

- **Dep** : le « Dépravé » est un marginal qui m'a sauvé la vie et hébergé dans ses repaires secrets. Expert en arts martiaux et en coffres-forts, il m'a rendu service plus d'une fois.

- **Oriana de Witt** : célèbre avocate criminaliste à la tête d'une bande de gangsters. Son coffre-fort à la Zürich Bank ne renfermait que des copies de l'Énigme et du Joyau Ormond. Elle se trouve en mauvaise posture, d'autant qu'un de ses employés l'accuse publiquement d'avoir enlevé ma petite sœur.

- **Drake Bones** : notaire des Ormond et représentant légal d'Oriana de Witt. Il m'a remis le testament de Piers Ormond en échange de mon silence sur ses malversations financières. Je me méfie de lui car il semble s'intéresser de près à la Singularité Ormond. Son récent départ pour l'Irlande a renforcé mes soupçons.

- **Kevin** : jeune homme qui était à la solde d'Oriana de Witt. Il a une larme tatouée sous l'œil. Grâce à son témoignage, l'avocate est inquiétée par la justice.

- **Sumo** : homme de main d'Oriana de Witt taillé comme un lutteur japonais. Son vrai prénom est Cyril.

- **Vulkan Sligo** : truand notoire, chef d'une bande de malfrats. Il souhaite lui aussi percer le secret de la Singularité Ormond et me pourchasse sans relâche. Il a provoqué la mort des parents de Winter et falsifié leur testament pour s'accaparer leur fortune.

- **Gilet Rouge** : le surnom que j'ai donné à Bruno, l'un des hommes de main de Vulkan Sligo, car il en porte toujours un.

- **Zombrovski** : surnommé Zombie, ce complice de Vulkan Sligo a fait une chute mortelle du clocher de Manressa.

- **Zombie 2** : frère aîné de Zombrovski, encore plus costaud que lui. Il est déterminé à venger la mort de son cadet.

- **Murray Durham** : dit Coupe-orteils, célèbre parrain de la mafia. Il a participé à l'enlèvement tragique qui m'a séparé de mon frère jumeau, Sam/Ryan Spencer, il y a 16 ans.

- **Jennifer Smith** : elle a été l'infirmière de mon père. Il lui a confié une clé USB pour moi. Cette clé contient des clichés qu'il a pris lors de son voyage en Irlande.

- **Mrs Fitzgerald** : propriétaire du manoir Clonmel où résidait mon père avant sa maladie.

- **Griff Kirby :** fugueur de mon âge. Il traîne avec une bande de voyous.
- **Melba Snipe :** cette vieille dame adorable m'a offert l'hospitalité à deux reprises.

Ce qui m'est arrivé le mois dernier...

1er novembre

La capsule de poudre d'enfer finit par exploser, me permettant d'échapper aux policiers qui m'encerclent. Mais ils ne tardent pas à me repérer. Heureusement mon double, Ryan Spencer, vole à mon secours. Il échange sa chemise contre ma veste et leurre mes poursuivants en les entraînant à ses trousses.

2 novembre

Le chiffre de César appliqué à l'Énigme Ormond ne donne rien de concluant. J'en déduis qu'il concerne les deux derniers vers coupés. Pour m'en assurer, une seule solution : aller en Irlande, rencontrer le conservateur des livres rares du Trinity College de Dublin, et relancer l'enquête sur place.

15

Alors que Boris, Winter et moi découvrons avec stupeur l'inscription « 11 novembre » répétée à l'infini sur mon blog, nous sommes interrompus par la police. Elle cerne l'immeuble de Lesley Street !

Je saute au péril de ma vie sur le toit du bâtiment voisin. Ma fuite éperdue me conduit chez Ryan Spencer où j'apprends que son anniversaire tombe... le 11 novembre !

6 novembre

Nelson Sharkey connaît un faussaire susceptible de me procurer un passeport pour partir en Irlande. J'espère que le reste de mes pépites d'or en couvrira les frais.

9 novembre

Finalement, je suis à court d'argent. Pour m'aider, Winter décide de s'emparer des liasses de billets que Vulkan Sligo dissimule dans sa penderie, à l'intérieur d'une valise qu'il surnomme son « sauve-qui-peut ».

11 novembre

La date annoncée sur mon blog. Trop angoissé pour oser m'aventurer au-dehors, je demeure terré toute la journée dans ma nouvelle planque, une cabane perchée dans un arbre.

13 novembre

Boris et moi faisons le guet dans la rue tandis que Winter vole Sligo, chez qui elle est venue sous prétexte de profiter de sa piscine.

Elle nous rejoint sur la plage, lestée d'un magot de dix mille dollars !

14 novembre

De retour dans la cabane, Winter me décrit en détail la funeste journée où ses parents sont morts. Afin de tourner la page, elle souhaite inspecter l'épave de leur voiture et déterminer s'il s'agissait d'un funeste accident ou d'un sabotage meurtrier.

17 novembre

J'ai enfin rendez-vous avec Erik Blair. Mais en chemin, je suis capturé par deux armoires à glace qui me conduisent auprès de Murray Durham, dit Coupe-orteils.

Le vieux gangster à l'agonie veut soulager sa conscience avant de mourir. Il m'avoue avoir été mêlé au kidnapping des bébés jumeaux. Dérangés par la police, son complice et lui sont partis chacun de leur côté, séparant ainsi les nourrissons. L'un – moi –, abandonné sur place, a été retrouvé et rendu à sa famille ; l'autre, d'abord recueilli par la sœur de Coupe-orteils, a fini par être adopté illégalement sous le nom de Ryan Spencer.

Encore ébranlé par cette révélation, j'appelle ma mère pour lui annoncer que Sam, mon frère jumeau, est vivant.

18 novembre

En menant des recherches à la bibliothèque, je tombe sur un article au sujet de l'enlèvement des jumeaux. Y figure une interview de Ralf, dans laquelle il parle en termes très chaleureux de sa relation avec mon père. Jamais je ne me serais douté qu'ils étaient aussi proches.

Je parviens enfin à rencontrer Erik Blair. Je m'aperçois qu'il ne fait qu'un avec le fou de la Saint-Sylvestre ! Lorsque je lui relate l'épisode, Erik est stupéfait : alors victime d'un virus inconnu, il n'en conserve aucun souvenir.

20 novembre

Tandis que mes amis et moi étudions la liste des surnoms établie par Drake Bones, nous apprenons qu'il compte se rendre bientôt en Irlande. Pourvu qu'il ne perce pas le mystère de la Singularité Ormond avant nous !

24 novembre

Erik Blair me pose une question cruciale : et si la maladie qui a tué mon père, et l'a rendu lui-même à moitié fou, n'était pas due à un virus ? S'il s'agissait d'un empoisonnement ?

29 novembre

Les policiers entraînent Boris au poste pour l'interroger. Winter a peur, d'autant que Sligo se montre de plus en plus soupçonneux. Elle m'envoie un texto alarmant, mais avant que j'aie le temps de la recontacter, je me fais épingler à mon tour par deux membres de la nouvelle brigade d'intervention Rapace, mise en place spécialement pour me capturer! Par chance, Nelson Sharkey apparaît en brandissant mon faux passeport. Son intervention me tire de ce mauvais pas.

Comme j'approche du stade de rugby, le policier Lacrymo me repère et se lance à ma poursuite. Je me retrouve sur le terrain aux côtés des joueurs. Mon visage s'affiche soudain en gros plan sur l'écran géant. La foule scande mon nom. Je réussis à gagner les vestiaires du sous-sol où je me cache dans un énorme costume de koala, la mascotte de l'équipe locale.

30 novembre

Ralf admet que je lui ai sauvé la vie dans la chapelle de Whitecliff et me confie qu'il s'efforce, depuis ma naissance, de me protéger des dangers de la Singularité Ormond. Je suis abasourdi.

Alors que j'attends Winter sur la plage, Griff Kirby surgit. Il m'apprend que mon amie a été enlevée dans une Subaru noire! Nous courons à l'entrepôt de Sligo. Zombie 2 est en train de refermer la porte d'un container placé sur la remorque d'un camion. Winter se trouve peut-être à l'intérieur. Avant que nous ayons le temps d'agir, Zombie 2 et Bruno nous tombent dessus et nous jettent dans le container.

Horrifié, Griff découvre le corps froid et inerte de Winter. J'écoute alors tous les messages angoissés qu'elle a laissés sur mon répondeur : elle tenait la preuve que Sligo avait tué ses parents en sabotant les freins de leur voiture. Comme je ne la rappelais pas, elle a décidé de l'affronter seule.

Je n'étais pas là pour l'en dissuader.

Et maintenant, il est trop tard.

DÉCEMBRE

1er décembre
J –31

L'entrepôt
Australie

00:00

J'étais paralysé ; je parvenais à peine à respirer. Les dernières paroles de Winter sur mon répondeur résonnaient encore dans l'espace vide et suffocant où nous étions enfermés.

Je tenais son corps sans vie contre moi. Ses cheveux indisciplinés reposaient sur mes genoux. J'ai voulu prononcer son nom, en vain. Seul un murmure a franchi mes lèvres.

Dire que je m'étais révélé incapable de l'aider alors qu'elle m'avait sauvé la vie à plusieurs reprises. Pour une fois qu'elle me sollicitait, j'avais ignoré ses appels.

Jusqu'à ce qu'il soit trop tard.

La belle inconnue aux cheveux de jais, sans qui je me serais noyé dans la cuve à mazout, qui m'avait soutenu ces derniers mois, était morte.

Si j'étais intervenu à temps pour la calmer, la raisonner, jamais elle n'aurait affronté Sligo. Elle aurait patienté et ne serait pas étendue là, froide, inerte entre mes bras. Elle vivrait toujours.

Complètement hébété, je la berçais d'arrière en avant en la serrant contre moi.

– Cal !

Les mains attachées dans le dos, Griff me donnait des coups de coude dans les côtes.

– Lâche-la, Cal !

Je l'ai repoussé. Je n'avais aucune envie de lui parler. Mais il a insisté :

– Lâche-la !

– Non, je ne la lâcherai pas ! ai-je rugi, les yeux pleins de larmes. Winter était mon amie ! Elle était...

– Écoute-moi, Cal. Elle respire ! Je te jure.

Je l'ai ignoré, trop épuisé pour saisir le sens de ses mots. Il s'est rapproché de Winter à genoux.

– Tu vas m'écouter, oui ? Winter respire, je te dis ! Aide-moi à la redresser.

Ses paroles ont fini par percer les ténèbres de mon cerveau.

– Tu crois ?

À cet instant, Winter a bougé.

24

J'ai desserré mon étreinte.

Une seconde plus tard, son corps est revenu à la vie. Elle s'est débattue en gémissant et a cherché à s'écarter de moi.

Fou de soulagement, je l'ai attrapée par les épaules.

– Winter ! Ça va ? Winter, c'est moi ! Cal !

Je riais et pleurais en même temps.

– Fichez-moi la paix ! a-t-elle crié d'une voix paniquée. Ne me touchez pas !

– C'est moi ! ai-je répété. Tu ne risques rien.

– Quoi ?

Je l'ai fait s'asseoir.

– Qu'est-ce qui s'est passé ? Où suis-je ? Cal ? C'est vraiment toi ?

– Oui !

Elle a frotté son visage avec ses mains pour reprendre ses esprits.

– Où étais-tu ? a-t-elle murmuré.

– Je regrette tellement de ne pas t'avoir rappelée ! Je suis désolé. J'ai...

À court d'arguments, j'ai repris :

– Je n'en reviens pas. Il y a une minute, je te croyais morte !

– Laisse-la respirer, Cal, a suggéré Griff. Elle n'est pas en état d'entendre tes excuses.

– Qui est là ? a demandé Winter en clignant des yeux.

– Griff Kirby.

– Griff ? s'est-elle inquiétée. Pourquoi ? Où sommes-nous ?

– Dans la même galère, ou plutôt dans le même container, a répondu celui-ci.

– Cal, qu'est-ce qu'il raconte ?

Elle a tenté de se lever, mais est retombée.

– Ils t'ont sûrement droguée, a observé Griff. Et tu en ressens encore les effets. Je les ai vus te pousser de force dans la Subaru. Tu ne te souviens pas de m'avoir crié de prévenir Cal ?

– Si, vaguement... a-t-elle murmuré.

J'ai entrepris de décoller le ruban adhésif qui enserrait les poignets de Griff tandis qu'il poursuivait :

– J'ai trouvé Cal et je l'ai conduit sur le lieu de l'enlèvement. Là, on a récupéré tes affaires éparpillées sur la chaussée.

– Après quoi, on s'est rendus à la casse, ai-je enchaîné. On te cherchait. Zombie 2 et Bruno nous ont capturés et enfermés dans ce container. Où tu gisais, inconsciente.

– On est dans un container de transport maritime ?

– Oui. Monté sur la remorque d'un camion.

– Où nous emmène-t-on ? Comment en sortir ?

J'aurais eu du mal à répondre à ses questions. Winter s'était levée pour tâter les parois, vague silhouette vacillante dans la pénombre.

Puis elle s'est mise à frapper les cloisons avec ses poings, comme si elle voulait tester leur solidité ou déceler une ouverture. Griff, les mains enfin libres, s'est joint à elle.

– Au secours ! a-t-il hurlé en tambourinant.

Le métal vibrait tout autour de nous.

– À l'aide ! ont-ils repris en chœur.

Griff et Winter ne cessaient de frapper et crier. Le vacarme assourdissant résonnait dans ma tête et me brisait les tympans. Incapable d'en supporter davantage, je me suis bouché les oreilles.

– Stop ! ai-je fini par m'égosiller, plus fort qu'eux. Arrêtez ! Calmez-vous et réfléchissons ! Nous sommes au milieu de la casse, personne ne peut nous entendre de la rue.

De découragement, Winter et Griff se sont affalés sur le sol. Le silence est retombé.

Mes yeux ont désespérément scruté l'obscurité. Avions-nous la moindre chance de fuir ce piège ?

01:05

Winter a fini par prendre la parole :

– Tu ne me rappelais pas, Cal, alors j'ai perdu la tête. J'avais tellement besoin de te parler. Je tenais l'information la plus incroyable et je n'avais personne avec qui la partager.

Et je me sentais si coupable...

Après un silence, elle a poursuivi :

– J'étais sur le point d'exploser, de plus en plus agitée. D'abord, j'ai éprouvé un soulagement extraordinaire : je connaissais désormais la vérité. Puis la fureur a pris le dessus. Je soupçonnais depuis toujours Sligo d'avoir tué mes parents et je disposais enfin de preuves contre lui.

Soudain, elle a balancé de grands coups de pieds dans la cloison et s'est mise à hurler à pleins poumons :

– Quel menteur ! C'est un assassin !

J'ai tenté de la calmer :

– Hé, doucement.

Reprenant ses esprits, Winter a continué :

– Mon cerveau me disait qu'il serait idiot d'affronter Sligo tout de suite. Mon cœur, en revanche, ne pouvait pas attendre.

La simple idée d'une confrontation entre Winter et son tuteur me donnait des frissons.

– Sligo avait imité la signature de mon père sur le testament et j'en détenais la preuve. J'avais également identifié la voiture de mes parents dans son entrepôt.

– En repérant un dessin, c'est ça ?

– Oui. Tu te souviens, la première fois qu'on est allés à la casse ensemble, je t'ai dit que je cherchais un détail à l'arrière du véhicule.

– Le dessin d'un oiseau ?

– Exact. Un jour, je devais avoir neuf ans, j'ai dessiné une hirondelle sur le dossier d'un siège. Or, dès que je me suis glissée dans l'épave de notre BMW, je l'ai reconnue. Le trait était un peu effacé, mais il s'agissait bien de notre voiture.

Un rayon de lune a éclairé le visage de Winter alors qu'elle jetait un œil sur son poignet orné d'un oiseau tatoué. Pas étonnant que ce symbole ait une telle importance pour elle.

– Ensuite, j'ai examiné le circuit des freins, a-t-elle repris. Je m'étais documentée sur Internet. Il n'était pas usé comme le mentionnait le rapport de police, il était sectionné net. Sans doute coupé à la pince. Il ne s'agissait pas d'un accident causé par les intempéries. C'était un…

– … sabotage, ai-je conclu dans un souffle.

Winter a acquiescé.

– Sligo a certainement escamoté la voiture de mes parents après leur mort pour la remplacer par une autre, même marque, même modèle, dont les freins étaient usés. À mon avis le rapport de la police était authentique, mais il concernait un autre véhicule.

– Pas bête, ai-je remarqué, il a pu s'introduire par effraction à l'intérieur du dépôt de la police, ou payer quelqu'un pour intervertir les voitures.

– Sligo étend partout ses tentacules. Il a prouvé qu'il est capable du pire. Bref, je me suis précipitée chez lui. Lorsque j'ai fait irruption dans son bureau comme une furie, il était assis, un verre cerclé d'or à la main. Je me suis mise à hurler, je l'ai accusé d'être un faussaire et un saboteur. Bien sûr, il a nié en bloc. Et il m'a conseillé de me contrôler et de faire attention à ce que je disais.

— Tu aurais dû filer directement au commissariat.

— Je m'en rends compte à présent. Ce face-à-face avec Sligo est la chose la plus stupide que j'aie jamais commise. Comme il ne me prenait pas au sérieux, je lui ai montré les photos faites avec mon portable.

Winter s'est interrompue brusquement.

— Mon téléphone ! Vous l'avez récupéré ?

— Oui, mais la batterie est morte, a répondu Griff. J'ai vérifié il y a deux minutes. Quand je pense que je n'ai même pas mon portable…

— Voyons si le mien fonctionne ! ai-je aussitôt proposé en fouillant mon sac.

Dès que j'ai eu l'appareil en main, j'ai consulté l'écran. Il était complètement déchargé depuis que j'avais écouté les messages de Winter sur mon répondeur.

— Tu peux passer des appels ?

— Impossible.

Griff a lâché un juron.

Déçu, j'ai remis mes affaires dans mon sac avant de me tourner vers Winter.

– Comment a réagi Sligo à la vue des photos ?

– Il les a examinées, pour m'amadouer d'abord, puis son sourire suffisant a disparu. Cramoisi de rage, il a soufflé à la manière d'un gros crapaud bouffi. Il a brisé le verre qu'il serrait entre ses doigts. J'ai cru ma dernière heure arrivée. Il a marché sur moi, les yeux exorbités, les poings en avant. J'ai reculé, de peur qu'il me frappe.

Elle a marqué une pause, poussé un soupir épuisé.

– Et puis son attitude a changé. Il s'est calmé encore plus vite qu'il s'était emporté. Il a éclaté de rire comme si je venais de lui jouer un bon tour, m'a flattée en déclarant que j'étais aussi intelligente que lui – voire plus – et que je ferais mieux de devenir son associée afin que nous conjuguions nos talents. Il a promis de me restituer la totalité de mon héritage sous deux conditions : que je ne le dénonce pas et que j'assiste au bal qu'il organise pour le réveillon. Il m'a affirmé qu'il allait bientôt gagner énormément d'argent.

Aussitôt j'ai pensé au DMO, le Dangereux Mystère Ormond. Et si Sligo le démêlait avant nous ?

– Quand il a déclaré qu'il s'approprierait les bénéfices d'une certaine Singularité Ormond d'ici la fin du mois, j'ai mesuré la gravité du danger que je courais. Mais j'étais seule. Personne ne savait où je me trouvais. Je n'avais aucun soutien.

Les paroles de Winter m'ont blessé. Elle pensait que je l'avais laissé tomber.

– J'ai décidé de bluffer et feint d'être intéressée par sa proposition. J'ai arpenté la pièce en simulant une profonde réflexion tandis qu'il jetait dans la corbeille les éclats de verre qui jonchaient son bureau, puis se versait un whisky. Il m'a offert un jus de kiwi, que j'ai siroté nerveusement tout en continuant à faire les cent pas.

– Que t'a-t-il confié de neuf sur la Singularité Ormond?

– La Singularité Ormond? a marmonné Griff entre ses dents sans comprendre.

Winter l'a ignoré.

– Qu'il comptait en percer le mystère et obtenir le Joyau Ormond. Une fois ce bijou en sa possession, il me l'attacherait au cou lors du bal du réveillon afin d'asseoir sa réputation de collectionneur éclairé. Il m'offrait de devenir son associée à parts égales. Le monde entier se trouverait à nos pieds. J'ai joué la fille impressionnée. En réalité, j'étais résolue à m'enfuir. Sous prétexte d'un besoin urgent, je me suis sauvée pour rejoindre le poste de police. En chemin, j'ai été saisie de vertige. Les sons étaient étouffés, ma vue se brouillait. Je me suis assise sur des marches, mettant ce malaise sur le compte de la chaleur[1].

---

1. En Australie, comme dans tout l'hémisphère Sud, les saisons sont inversées.

C'est alors que j'ai repensé au jus de kiwi. Sligo y avait sans doute versé un somnifère ! La seconde suivante, Bruno m'entraînait vers la Subaru. J'ai tenté de me débattre, mais je n'avais pas plus de forces qu'une poupée de chiffon.

— C'est à ce moment-là que je t'ai vue, l'a interrompue Griff. Tu m'as crié d'aller avertir Cal.

— J'ai tout de suite pensé que tu étais retenue prisonnière à la casse, ai-je ajouté.

— Et nous voilà enfermés avec toi, a terminé Griff. Si on se concentrait sur un plan d'évasion ?

La suggestion de Griff est restée en suspens. De toute évidence, personne n'avait d'idée lumineuse.

De l'extérieur nous parvenait le bourdonnement assourdi de la circulation, au-delà de l'entrepôt désert.

— On a intérêt à se sauver tant qu'on sait où on est, a repris Griff. Si ce camion quitte la zone industrielle, on risque d'être embarqués sur un cargo et de finir coincés parmi des dizaines d'autres containers au milieu de l'océan. Et ce sera la mort assurée.

01:29

Je me suis levé pour réfléchir tout en quadrillant l'espace noir de notre prison. Si seulement nous avions un moyen de communiquer avec le monde extérieur. Boris, ou...

— La balise de détresse !

— Quoi ? a demandé Griff.

— Mais oui ! s'est exclamée Winter. Le GPS de survie de Boris !

Elle a bondi pour me serrer dans ses bras.

— J'ai camouflé une balise de détresse dans ma basket, ai-je expliqué à Griff. Mon ami Boris me l'a confiée pour les cas d'urgence !

— Et c'est maintenant que t'y penses ? a-t-il grommelé.

— Je l'avais oubliée. Quelle importance ? On va enfin sortir d'ici !

Je me suis rassis et je me suis mis à délacer en toute hâte ma chaussure.

— Dès que Boris s'apercevra qu'on a disparu, il activera son programme de localisation et suivra le signal jusqu'au container. Il faut que je déclenche la balise.

Les doigts tremblants, j'ai retiré la semelle intérieure de ma basket, décollé le ruban adhésif et repéré le bouton de mise en marche que j'ai pressé sans attendre.

La balise n'a pas émis le moindre son. Pourvu qu'elle fonctionne...

Et pourvu que Boris active son système de localisation avant que notre container soit embarqué sur un cargo...

Il ne nous restait plus qu'à patienter.

DÉCEMBRE

09:01

Tout à coup, Winter m'a agrippé le bras, m'extirpant de ma torpeur.

– Quelqu'un arrive! a-t-elle soufflé.

Je me suis figé, aux aguets. J'ai distingué des pas et le murmure d'une voix qui se rapprochait.

– Boris? a chuchoté Griff.

– Chut!

Ce n'était pas Boris, mais Zombie 2 qui disait:

– ... dans le container. On revient tous les deux l'enlever demain matin.

Nous avons frémi.

La voix s'est éloignée.

Une voiture a démarré. Avec un peu de chance, l'homme de main de Sligo s'absentait pour quelques heures.

– Ton ami a intérêt à se pointer avant eux, a lancé Griff d'un ton grave.

20:15

Le jour se mêlait à la nuit. Blottis les uns contre les autres, dévorés par l'angoisse, tenaillés par la faim et la soif, nous attendions dans l'obscurité du container, avec l'espoir d'être secourus par Boris et la crainte du retour de Bruno, Sligo ou Zombie 2.

Mais personne n'est venu.

Winter et Griff s'étaient murés dans un profond silence. J'entendais la respiration régulière de Winter à côté de moi. L'air devenait de plus en plus étouffant.

Je ne parvenais pas à dormir. Trop de pensées horribles me tourmentaient. Et si Boris n'activait pas son programme de localisation? Et si on nous abandonnait à notre sort dans ce container, en proie à la faim et la soif? Qu'est-ce que Sligo comptait faire de nous? Je n'avais pas envie de rester ici pour le découvrir.

Mon esprit demeurait hanté par la douleur que j'avais ressentie en tenant Winter dans mes bras alors que je la croyais morte. Je devais à tout prix me racheter. Elle avait souffert, s'était montrée courageuse en toute occasion, et juste au moment où elle tenait la preuve nécessaire pour éradiquer Sligo de sa vie et faire enfin valoir ses droits, elle se retrouvait piégée.

2 décembre
J –30

08:26

– Cal, réveille-toi ! Ils reviennent !

Griff me secouait l'épaule. J'avais fini par sombrer dans un demi-sommeil. Aussitôt, je me suis redressé. Il avait raison. Des pas résonnaient à l'extérieur.

– Tu entends ? Debout, Winter ! a-t-il crié.

– Chut ! ai-je protesté. Si c'est Sligo, inutile de lui signaler qu'on est encore en vie.

Ma remarque l'a calmé. Il s'est accroupi en silence.

– Il y a quelqu'un dehors ? a marmonné Winter d'une voix endormie.

– On dirait, ai-je murmuré. Zombie 2 avait affirmé qu'ils seraient de retour ce matin. Dès que les portes du container s'ouvrent, on se jette sur eux. En chargeant tous les trois ensemble, l'un de nous pourra peut-être se sauver pour aller chercher du secours. Vous êtes prêts ?

— Prêts ! ont-ils répondu en chœur.

Un claquement métallique a retenti, suivi du grincement des battants qui s'écartaient.

Aussitôt, une bouffée d'air frais s'est engouffrée dans le container tandis que la luminosité me contraignait à plisser les paupières. Sans hésiter, j'ai bondi sur l'une des deux silhouettes qui se dessinaient au pied du camion ; au même instant, mes amis s'attaquaient à l'autre.

Je l'ai heurtée de plein fouet et violemment renversée à terre.

— Hé ! Doucement, mec, c'est moi, a protesté Boris en me repoussant.

— Oh, désolé !

— Lâchez-moi, a ordonné une voix familière à côté de moi.

C'était Nelson Sharkey, cloué au sol par Griff et Winter. Ils l'ont aidé à se relever, puis Winter a sauté dans les bras de Boris :

— Tu ne peux pas savoir comme on est contents de te voir ! On commençait à se demander si la balise de détresse fonctionnait.

— Pardon ? Vous avez osé douter de mon professionnalisme ? a-t-il plaisanté en époussetant son carnet noir et en défroissant sa chemise.

Mes yeux s'accoutumaient lentement à la lumière du jour. J'ai aperçu la voiture de Sharkey garée devant les grilles. Pas le moindre signe de Sligo ou de ses sbires. Ils étaient néanmoins susceptibles de surgir à tout moment...

— Dépêchons-nous de filer, ai-je lancé en attrapant mon sac à dos.

08:37

L'un après l'autre, nous nous sommes glissés par le trou que Sharkey avait découpé dans la clôture avec de grosses pinces, puis nous nous sommes entassés dans son véhicule. Il a démarré sur les chapeaux de roues.

— Quand je me suis aperçu de votre disparition, a expliqué Boris, j'ai immédiatement enclenché le programme du GPS de survie. Et dès que j'ai capté le signal, j'ai alerté Nelson. On n'a pas tardé à vous localiser.

Sharkey s'est arrêté pour déposer Griff non loin du club de sa tante près des docks. Dans un square du quartier se dressait un immense sapin de Noël décoré de guirlandes et de boîtes dorées aux rubans étincelants. J'avais peine à croire qu'on était déjà en décembre. L'échéance fatidique se rapprochait dangereusement.

— Je t'appelle un de ces jours, Cal, a jeté Griff en descendant de voiture. Mais pas dans l'immédiat...

Je comprenais sa réticence. Griff et moi avions le don de nous attirer mutuellement des ennuis. Sans lui, pourtant, jamais je n'aurais retrouvé Winter.

— Merci, lui ai-je crié.

— OK. Où va-t-on maintenant ? a interrogé Nelson.

Assise à côté de lui, Winter m'a adressé un regard angoissé, a ouvert la bouche pour répondre puis s'est ravisée.

— Chez toi ? a proposé Sharkey.

Elle a secoué la tête. Sa situation ressemblait désormais à la mienne. Elle était sans domicile. Il était impensable qu'elle retourne dans son studio qui appartenait à Sligo.

— Si on allait chez les Lovett ? a suggéré Boris.

À croire qu'il lisait dans mes pensées. J'ai acquiescé.

Tandis que mon ami indiquait le chemin à notre chauffeur, je me suis demandé si je pourrais un jour le remercier dignement de tout ce qu'il faisait pour moi.

La cabane perchée

10:20

Sharkey nous a laissés au coin de la rue qui conduisait chez Luke Lovett. Avant son départ, je lui ai posé une question :

– Nelson, quand vous étiez inspecteur et que vous vous heurtiez à un mur, comment réagissiez-vous ?

Le coude posé sur le rebord de la portière, il a répondu :

– Je recommençais, Cal. Je repartais à zéro. Du LDC, comme on dit dans notre jargon, le lieu du dernier contact. S'il s'agit d'une personne disparue par exemple, on retourne à l'endroit où elle a été vue avant sa disparition. On réinterroge les habitants, on lance un nouvel appel à témoins. On espère relever des indices qu'on aurait négligés auparavant. On organise des reconstitutions très utiles car notre mémoire est dépendante du lieu.

– C'est-à-dire ? a fait Winter, intéressée.

– Parfois tu traverses une pièce pour aller chercher quelque chose à l'autre bout et, le temps d'y arriver, tu as oublié le but de ton déplacement. Tu reviens sur tes pas, là où tu te trouvais quand l'idée t'est venue et, soudain, la mémoire te revient. Le même phénomène se produit lors des reconstitutions. Bon, je dois me dépêcher maintenant. Je vais m'occuper des billets d'avion. OK ?

– Super. Merci encore, ai-je crié alors qu'il s'éloignait.

Je me suis tourné vers Winter.

– À mon avis, tu as intérêt à rester avec moi en attendant de dénicher une planque inconnue de Sligo.

Elle avait le visage tendu, l'air épuisé. L'éclat de bonheur fugitif qui avait éclairé son regard lorsque nous étions sortis du container avait disparu. Si je vivais depuis près d'un an sur la brèche, sa situation n'était guère à envier : depuis six ans elle dansait sur le fil du rasoir, obligée de dissimuler ses doutes et ses soupçons alors qu'elle côtoyait au quotidien Sligo, le dragon, dans son antre.

– Ça va aller, Winter, ai-je commencé en lui touchant l'épaule.

– Non, a-t-elle rétorqué en repoussant ma main. Toutes mes affaires sont au studio, impossible de les récupérer. J'ai l'habitude de vivre seule, mais pas dans le dénuement ! Même mon sac a été écrasé sur la route quand on m'a enlevée. Sans compter qu'on doit se rendre en Irlande et qu'il gèle là-bas. En plus, je suis dégoûtante et je n'ai rien à me mettre !

– Voici déjà ton téléphone, ai-je dit en l'attrapant dans mon sac à dos. Il suffit de le recharger.

Elle l'a saisi avec un sourire reconnaissant.

– Cal et moi, on peut aller au studio en douce, a proposé Boris. Pour récupérer tes affaires.

Nous avons traversé les buissons qui délimitaient l'arrière de la propriété des Lovett et foncé vers l'arbre énorme où se nichait la cabane. Je me suis dressé sur la pointe des pieds pour attraper la corde que j'avais accrochée à l'abri des curieux.

Winter a grimpé à ma suite.

– Je ne pensais pas qu'on allait jouer à Tarzan et Jane, a-t-elle soupiré.

Boris s'est hissé à son tour dans la cabane.

– Endroit paisible, confortable, clair, aéré et arboré. Une demeure de caractère.

– Exactement, ai-je approuvé. Il y a pire comme chambre d'appoint.

– Demeure de caractère ? N'est-ce pas ainsi que les agents immobiliers qualifient les maisons pourries tout juste bonnes à être démolies ? a observé Winter avec malice.

Elle s'est assise en tailleur sur la banquette et a rattaché ses cheveux avec un élastique qu'elle a fait glisser de son poignet.

– Trêve de plaisanterie. Il faut que je retourne chez moi. Au moins pour prendre mon passeport, sinon je peux dire adieu au voyage en Irlande et vous devrez résoudre le mystère de la Singularité Ormond sans moi.

– Écoute, ai-je insisté, Boris a raison. On surveillera ton appart. Quand on sera certains de ne courir aucun danger, on montera prendre tes affaires.

Winter a pâli.

– L'argent ! Je ne l'ai pas !

– Où est-il ? s'est inquiété Boris.

– Au studio.

– Tu l'as dissimulé dans un endroit sûr, j'espère ? ai-je réagi.

– À l'intérieur du canapé. OK, on fait mieux comme cachette, mais Sligo ne fouillera pas, à moins de s'être aperçu de la disparition de son magot...

– On en aura vite le cœur net, a déclaré Boris. On y va dès ce soir.

12 Lesley Street

21:45

Tapis dans l'obscurité, en face de chez Winter, Boris et moi nous sommes assurés que les voitures stationnées étaient inoccupées. Une fois certains que personne ne surveillait l'immeuble, ne décelant aucune trace de Sligo, Bruno ou Zombie 2, nous nous sommes glissés jusqu'à l'escalier de secours dont nous avons gravi les marches à pas de loup.

Sur la terrasse, la clé de Winter n'ouvrait pas la porte !

– Laisse-moi essayer, a proposé Boris.

Il n'a pas réussi plus que moi à la faire tourner.

– Sligo a déjà changé la serrure, ai-je sifflé tout en lançant des coups d'œil nerveux par-dessus mon épaule. On va devoir entrer par effraction.

Au-dessus de nous, voilées par la pollution urbaine, les étoiles scintillaient faiblement. Un avion qui s'apprêtait à atterrir nous a survolés.

J'ai ramassé un des pots de fleurs que Winter avait disposés devant son studio et, profitant du grondement assourdissant des réacteurs de l'appareil, je l'ai projeté contre la fenêtre.

Le fracas du verre brisé nous a terrorisés. Quelqu'un risquait de surgir sur le toit terrasse à tout moment. Il ne fallait pas perdre une seconde.

J'ai soigneusement ôté les morceaux de vitre fixés aux montants de la fenêtre avant d'enjamber le rebord et d'ouvrir la porte à Boris.

Éclairé par nos lampes torches, j'ai foncé jusqu'au sofa et plongé les bras sous les coussins, à la recherche du magot. Tâtonnant comme un fou, je me suis écorché les mains sur les ressorts.

– Tu trouves ? s'est inquiété Boris, qui s'était posté près de la fenêtre cassée pour faire le guet.

J'ai grogné de dépit.

Finalement, mes doigts ont senti plusieurs liasses de billets entourées d'élastiques.

– Ça y est !

Je les ai extraites une par une.

– Speede, mec, m'a pressé Boris. Il ne fait pas bon moisir ici.

J'ai fourré les liasses en vrac dans mon sac à dos, puis réuni les affaires dont Winter avait besoin – le chargeur de son portable, son passeport et quelques vêtements – tandis que Boris récupérait son sac de couchage et son nécessaire de toilette.

Soudain Boris a trébuché. Il a dirigé le faisceau de sa lampe torche vers le sol et poussé une exclamation. Les deux portraits des parents de Winter gisaient à terre, sous le verre éclaté de leur cadre.

– Sligo a dû s'énerver, a supposé Boris, l'air navré.

Voyant le livre de Winter *Le Petit Prince*, juste à côté, je l'ai rangé d'instinct dans mon sac.

– Ses notes sur le DMO ont disparu, a chuchoté Boris en éclairant le bureau où elle affirmait les avoir laissées. Où peuvent-elles bien être ?

Nos regards se sont croisés au-dessus de la table vide tandis que nous lancions d'une seule voix :

– Sligo !

La cabane perchée

22:51

– Quoi ! Sligo a volé toutes nos informations sur la Singularité Ormond ? s'est écriée Winter.

J'ai hoché la tête. Nous étions seuls dans la cabane. Boris m'avait quitté pour rentrer chez lui après l'expédition à Lesley Street.

– Alors il n'a plus qu'à se rendre en Irlande et le tour sera joué ! Il entreprendra à notre place tout ce qu'on avait prévu de faire grâce aux photos et aux autres indices.

– Pas question qu'on abandonne, Winter. À notre connaissance, personne ne détient encore les deux derniers vers de l'Énigme.

– C'est vrai et nous disposons d'un atout : le contact du Pr Brinsley, a-t-elle observé en déroulant son sac de couchage.

– Et puis, on a l'argent, notre situation pourrait être pire.

– À propos, merci de m'avoir rapporté mes affaires.

Elle a attrapé deux barres de céréales que Boris avait laissées et m'en a tendu une avant de demander :

– Vous avez trouvé les photos de mes parents ?

J'ai préféré lui mentir.

– Désolé, j'ai oublié de les emporter.

J'ai enchaîné sans attendre sur un autre sujet.

– Je vais retourner au LDC, au lieu du dernier contact, ai-je annoncé en déchirant l'emballage de ma barre de céréales.

– Le lieu où tu as perdu le Joyau et l'Énigme ?

– Oui.

– Ce qui signifie une deuxième incursion chez le croque-mort, le frère de Drake Bones ?

– Exactement. J'ai réfléchi aux propos de Sharkey. Si je reconstitue ma visite au funérarium, j'aurai une chance d'identifier l'odeur familière que j'y ai sentie. De toute façon, il faut fouiller l'endroit. Drake Bones a pu commettre une erreur et laisser un indice derrière lui. On comprendra peut-être ce qu'est devenu mon sac après mon agression, ou à qui correspondent les surnoms Eau-Profonde, Double-Jeu et Petit-Prince. C'est la meilleure chose à faire en attendant que Sharkey réserve nos billets d'avion.

23:11

Winter s'est roulée en boule sur la banquette pour dormir tandis que je ruminais. Et si Sligo et Bones étaient complices ? Ils semblaient bien s'entendre lors du banquet et le notaire paraissait assez fourbe pour avoir trahi Oriana de Witt. Si ces deux associés se rejoignaient en Irlande, ils découvriraient la vérité avant nous. Je ne supportais pas l'idée qu'ils puissent nous doubler. J'ai repensé aussi à ma conversation téléphonique avec Ralf, un mois plus tôt.

– Je sais ! a soudain hurlé Winter en se contorsionnant dans son duvet pour se redresser.

J'ai sursauté.

– On est vraiment idiots, Cal.

– Quoi ?

– Je sais qui est Petit-Prince ! Je n'en reviens pas d'avoir mis si longtemps à comprendre.

– Qui est-ce ?

– Réfléchis un peu, a-t-elle répliqué en saisissant le livre de Saint-Exupéry. Un garçon seul, un avion qui s'écrase, des dessins, une rose, des adultes qui ne sont pas dignes de confiance... le prince d'un pays lointain. Un garçon qui recevra en héritage un titre et des richesses. Ça ne te rappelle rien?

– C'est moi, ai-je murmuré, sidéré. Je suis le Petit-Prince de la liste du notaire! Bones me soupçonne de détenir le Joyau et l'Énigme.

– Or tu ne les as pas. Il ne nous reste donc plus qu'à démasquer Eau-Profonde et Double-Jeu.

3 décembre
J –29

21:37

Mes deux amis et moi étions postés sur le trottoir opposé aux pompes funèbres Bones, Graves & Digs. Une lumière douce brillait à l'intérieur du magasin. La rue, elle, était obscure et déserte. Personne, pas même un chat errant, juste quelques voitures en stationnement.

– À propos, a annoncé Boris à voix basse, j'ai rendu visite à Gaby aujourd'hui et elle m'a demandé ton numéro de portable. Elle m'a promis de le garder pour elle et de l'utiliser seulement en cas d'urgence. J'espère que tu ne m'en veux pas.

– Non, tu as bien fait.

J'espérais que cela ne nous attirerait pas d'ennuis.

La lampe de la boutique s'est éteinte. Aussi discrètement que possible, nous avons traversé et tourné à l'angle du bâtiment. Cachés dans l'ombre d'une benne à ordures, nous avons patienté, curieux de découvrir qui allait sortir. Le battant a fini par s'ouvrir sur un petit homme chétif. Après avoir verrouillé la porte, il est monté dans une voiture et a filé.

Je ne le connaissais pas.

Winter s'est précipitée vers la porte d'où elle nous a fait signe de la rejoindre.

– Hum, entrer ne va pas être facile, a-t-elle constaté.

Boris a jeté un coup d'œil inquiet par-dessus son épaule.

– J'ai la chair de poule rien qu'en pensant à tous ces macchabées allongés à l'intérieur. Je n'ai vraiment pas envie de les rejoindre si la situation dégénère.

Winter a tiré une lime à ongles métallique de sa poche et l'a introduite dans le trou de la serrure.

– Dépêche-toi, l'a implorée Boris. Qu'on en finisse.

– Trop compliqué, je n'y arriverai jamais avec cette simple lime.

Un bruit de moteur nous a fait sursauter et reculer derrière la benne. L'homme chétif revenait. Il avait sans doute oublié quelque chose. Il est descendu de voiture, puis s'est engouffré à l'intérieur du bâtiment.

— Il a laissé la porte entrebâillée, ai-je murmuré. C'est le moment ou jamais. À trois contre un, on le maîtrisera si nécessaire.

Winter a entraîné Boris par le bras et nous nous sommes approchés sans bruit de la porte d'entrée. En jetant un coup d'œil par l'ouverture, j'ai distingué de la lumière.

— Suivez-moi, ai-je soufflé à mes amis avant de les précéder dans le couloir obscur conduisant à la salle d'exposition.

La disposition des lieux m'était familière. Un frisson m'a couru le long de la colonne vertébrale au souvenir de ma dernière visite.

Nous nous sommes glissés jusqu'à la plus vaste des pièces, en passant furtivement devant le bureau où l'homme fouillait ses papiers. Une lampe projetait un éclairage discret sur les rangées de cercueils et d'urnes funéraires exposés. Nous nous sommes accroupis dans un coin, derrière un long comptoir recouvert d'un tissu blanc sur lequel reposait un cercueil ouvert.

— Quelle odeur bizarre, a chuchoté Winter.

— Probablement les produits d'embaumement, a suggéré Boris d'une voix étranglée.

— Répugnant.

— Chut, ai-je soufflé.

La lumière venait de s'éteindre. Des pas ont résonné sur le sol.

Lorsque la porte s'est enfin refermée, nous sommes sortis de notre cachette.

— Allons explorer le bureau, ai-je lancé.

— Je m'occupe des placards, a proposé Boris.

— Et moi des tiroirs, a ajouté Winter.

22:03

— Rien dans les placards.

— Ni dans les tiroirs, hormis des catalogues de cercueils et de couronnes de fleurs artificielles.

J'ai soupiré.

Tout à coup, un bruit à l'arrière du bâtiment nous a alertés.

— Vous avez entendu ? s'est inquiétée Winter. Ne me dites pas que ce gnome a encore oublié quelque chose !

— Non, c'est juste une voiture qui démarre, l'ai-je rassurée. Dis, Boris, et si cet endroit possédait une alarme à distance ?

— On serait dans de sales draps ! Dépêchons-nous. Vérifie si le cercueil peint se trouve toujours ici. C'est le dernier objet que tu as vu avant d'être assommé, non ?

— Mon sac y a été jeté.

Boris s'est raclé la gorge.

– Attends une minute. Et s'il y avait... quelqu'un dedans ?

– Tu ne crains absolument rien, a gloussé Winter. Ce sont des modèles d'exposition ! Les clients viennent les examiner pour commander celui qui leur plaît.

Revenu dans la salle d'exposition, j'ai balayé le sol avec le faisceau de ma lampe torche jusqu'à éclairer le fameux cercueil blanc décoré dans le style chapelle Sixtine, avec ses angelots et son ciel bleu.

– Le voilà. Je me suis avancé dans cette direction, croyant qu'il s'agissait d'un comptoir, ai-je expliqué en reconstituant la scène de la fameuse nuit de juillet. L'enveloppe que je cherchais était posée dessus. Je l'ai prise et bam !

J'ai reculé d'un bond pour mimer la violence du coup qui m'avait renversé.

– Je me suis aperçu que c'était un cercueil. Une ombre a surgi et, avant que je puisse réagir, elle m'a immobilisé et planté une aiguille dans le cou. J'étais trop groggy pour me défendre. J'ai seulement vu mon sac à dos jeté dans ce cercueil.

Les yeux fermés, sans bouger, j'ai respiré à fond. Un phénomène surprenant s'est alors produit.

J'ai brusquement fait volte-face.

– L'odeur mystérieuse ! Je l'avais presque ! Sharkey avait raison ! En répétant mes gestes et en me plaçant au même endroit que la dernière fois, j'ai retrouvé mes premières sensations ; elles ont failli me revenir. Bon sang ! Exactement comme un éternuement qui n'arrive pas à sortir... Quelle frustration !

M'éloignant du cercueil, j'ai pivoté pour rebrousser chemin. Une tentative supplémentaire ferait peut-être resurgir le souvenir inconscient enfoui au plus profond de mon cerveau.

En vain. Je ne ressentais plus rien du tout, même pas l'impression de déjà-vu.

Soudain, un hurlement de Boris a détourné mon attention. Winter et moi avons braqué nos torches sur lui : collé contre le mur, il était livide.

– Je croyais qu'il n'y avait pas de morts ici ! a-t-il couiné.

– Normalement non, a confirmé Winter.

Elle s'est penchée au-dessus du cercueil ouvert dont Boris s'était écarté d'un bond. J'ai regardé moi aussi. Un cadavre sanglant !

Le ronflement d'une voiture qui se garait à l'arrière du bâtiment nous a une fois de plus glacé le sang. En un éclair, nous avons gagné la porte de derrière et nous nous sommes plaqués tous les trois contre la paroi. Effrayé, Boris a écarquillé les yeux de plus belle. En jetant un coup d'œil par la fenêtre, j'ai repéré un fourgon. Une portière s'est ouverte puis refermée.

— On a de la visite. Un homme seul. Ne bougez surtout pas. On attend qu'il passe la porte et on se rue dehors. OK ?

Aussi paniqués que moi, mes amis ont acquiescé.

On déchargeait le véhicule. Un bruit de pas a résonné, suivi d'un tintement de clés. La poignée a tourné, le battant s'est entrebâillé avec lenteur.

À la faible lueur d'un réverbère, j'ai distingué l'avant chromé d'un chariot pliant qui bringuebalait, poussé par une silhouette voûtée. Dès que le type et le chariot ont franchi le seuil, j'ai donné à mes amis le signal de la fuite. L'homme a hurlé de terreur lorsque nos trois ombres ont surgi des ténèbres et filé dehors comme une bourrasque en le frôlant.

Alors que nous dévalions Temperance Lane, Winter a éclaté de rire.

— Le pauvre, il a failli avoir une attaque ! Il a dû nous prendre pour des revenants en goguette...

22:34

— Qu'est-ce que ce cadavre fichait là-bas ? a demandé Boris pendant que nous récupérions notre souffle. Vous croyez que tout ce sang provenait de blessures par balle ?

Avant que j'aie eu le loisir de répondre, mon portable a vibré dans ma poche.

D'un hochement de tête, mes amis m'ont pressé de répondre.

– Allô ?

– Cal !

J'ai immédiatement reconnu la voix angoissée de ma petite sœur.

– Gaby, ça va ?

– Il faut que tu viennes, Cal !

– Calme-toi, explique-moi ce qui se passe.

– J'ai été réveillée par leurs voix !

– Les voix de qui ?

– Maman et oncle Ralf. Ils se disputaient. Maman criait. Ralf essayait de la calmer. J'ai eu peur, Cal. Ralf a dû rentrer tard, il n'était pas là quand je me suis couchée. Je me suis levée et j'ai trouvé maman rouge de colère dans le couloir. Elle jetait tout par terre !

– Ne t'inquiète pas, Gaby. C'est normal de se disputer parfois. Ils vont se réconcilier et oublier ces petits problèmes.

– Je ne crois pas, Cal. Ça va très mal. Maman est sortie de la maison en courant. J'ai eu peur qu'elle m'abandonne !

– Elle ne ferait jamais une chose pareille, Gaby.

– Ralf lui a couru après en lui demandant de revenir. Il voulait lui donner ses médicaments mais elle ne voulait pas qu'il la touche. Elle est rentrée toute seule dans la maison, m'a prise par la main et m'a entraînée par la porte de derrière.

On est montées dans la voiture et elle a démarré à toute vitesse. Ralf hurlait qu'elle ne pouvait pas conduire dans cet état. Qu'elle risquait d'avoir un accident. C'était horrible, Cal!

– Où es-tu en ce moment?

– Chez Marjorie la voisine. Elle a réussi à calmer maman. Elles discutent toutes les deux. Maman pleure toujours, je crois. J'ai essayé d'écouter ce qu'elles disaient… mais…

– Où est Ralf?

– J'en sais rien. Peut-être à la maison. J'ai peur, Cal… Maman est bizarre. Je ne l'ai jamais vue crier comme ce soir. Viens, s'il te plaît.

Que faire?

– Cal, s'il te plaît! a supplié Gaby entre deux sanglots.

– J'arrive dès que possible, ai-je décidé sans réfléchir.

Je ne supportais pas de la sentir aussi seule et bouleversée.

– Il faudra que tu te glisses dehors en cachette pour me retrouver. Personne ne doit soupçonner ma présence, tu te souviens. Tu devras être très prudente, d'accord?

– Je ferai bien attention.

– À tout à l'heure!

J'ai coupé la communication.

– On t'accompagne, ont lancé en chœur Winter et Boris.

– Merci, mais j'irai plus vite seul et ce sera plus discret. On se donne rendez-vous au mausolée de Memorial Park dans deux, non, trois heures, OK ?

– Comme tu préfères, a dit Boris. Tiens, voilà un taxi. Prends-le, tu arriveras plus rapidement à Richmond...

– Bonne idée, ai-je approuvé en bondissant sur la route.

– Tu en es sûr ? m'a alerté Winter. Le chauffeur pourrait te reconnaître.

– Tant pis ! Je prends le risque.

Flood Street
Richmond

22:43

Je suis descendu du taxi au bout de mon ancienne rue. Par chance, le chauffeur ne m'avait prêté aucune attention, trop accaparé par sa conversation radio avec l'un de ses collègues. Je me suis efforcé de ne pas observer mon ex-domicile en longeant le jardin, tête baissée. Des inconnus l'habitaient désormais. Les arbres et les buissons qui l'entouraient me paraissaient beaucoup plus hauts que dans mon souvenir.

Gaby m'attendait à côté de la voiture de ma mère, devant chez Marjorie. Dès qu'elle m'a vu, elle s'est jetée dans mes bras. Le souffle coupé, je l'ai apaisée :

– Là, là, doucement, Gaby. Tout va bien, je suis avec toi.

Nous nous sommes accroupis derrière le véhicule.

– Je ne veux pas rester ici, a-t-elle gémi.

Je lui ai attrapé les mains.

– Tu vas peut-être devoir patienter chez Marjorie jusqu'à ce que maman se sente mieux. Vous rentrerez à la maison plus tard.

Les yeux brillants de larmes, ma petite sœur s'est tournée vers notre ancienne habitation.

– C'est ici, la maison ! Je veux que tout redevienne comme quand on vivait ensemble avant la mort de papa. Avant que je m'endorme pendant des mois... avant que tu doives te cacher... avant que maman change... qu'elle devienne folle.

Elle s'est à nouveau blottie contre mon torse.

– C'est mon rêve à moi aussi, Gaby, ai-je murmuré, impuissant.

Elle s'est penchée en arrière pour me regarder dans les yeux.

– Reviens vite, Cal. Je n'aime pas quand tu n'es pas là. J'ai besoin de toi, tu es mon frère.

– Je te promets de revenir bientôt. Il faut qu'on soit tous les deux forts et courageux. Je sais que maman n'est pas très en forme en ce moment. Mais oncle Ralf t'aide, non?

– Oui. Il est gentil. Avant, je ne l'aimais pas beaucoup, maintenant, ça va mieux. D'habitude, ils s'entendent bien tous les deux, mais ce soir maman n'arrêtait pas de crier!

– Pourquoi elle criait? Qu'est-ce qui l'avait mise en colère?

– Je sais pas. En tout cas, Ralf vient de téléphoner à Marjorie pour lui dire qu'il arrivait avec les médicaments de maman. Au centre-ville il y a une pharmacie ouverte toute la nuit!

Ralf en avait donc pour une bonne heure. Une idée a germé dans mon esprit.

– Gaby, je dois partir. Ne t'inquiète pas. Maman et toi ne risquez rien.

J'ai songé au décompte des 365 jours, à l'échéance imminente. Quelle que soit l'issue, tout serait bientôt terminé.

– Rentre chez Marjorie. On se reverra vite.

– D'accord, a-t-elle approuvé tandis qu'une larme roulait sur sa joue. Où tu vas?

– J'ai un truc à vérifier, ai-je répondu en restant évasif. Après, je rejoins Boris et Winter à Memorial Park.

Gaby m'a embrassé, puis elle a touché la bague celtique glissée à mon doigt, avant de se faufiler dans la maison et de refermer la porte sans bruit en m'adressant un dernier petit signe de la main.

J'ai aussitôt pris la direction du cap Dauphin, au pas de course.

Maison de Ralf
Surfside Street, cap Dauphin

23:40

Je ne distinguais pas la voiture de Ralf, en revanche une lampe était allumée à l'intérieur de la villa. J'espérais que le départ précipité de ma mère et de Gaby avait perturbé mon oncle au point qu'il oublie d'éteindre toutes les lumières et de brancher l'alarme.

Retenant ma respiration, j'ai gagné l'arrière de la bâtisse. La baie vitrée n'était pas verrouillée. Je suis entré.

Silence. Pas d'alarme.

Une pagaille indescriptible régnait dans le salon. La tasse violette de ma mère, sa préférée, gisait en morceaux sur le sol au milieu d'une flaque de tisane. Des livres et des papiers étaient éparpillés dans toute la pièce, comme si un cambrioleur avait cherché une information sans la trouver et les avait balancés n'importe où. À moins que ma mère ait réellement eu un accès de folie ?

Elle avait tellement changé en un an. Jamais elle n'aurait perdu son calme autrefois, ni brisé des objets. C'était une femme très posée, réfléchie et d'un sang-froid exceptionnel.

Autrefois...

Ralf rangeait ses albums de photos sur une étagère basse, à côté de sa collection de disques vinyle. Je les avais remarqués lorsque j'avais fouillé sa villa, en janvier, sans les consulter. Toutefois depuis quelques semaines, de nombreux éléments nouveaux avaient piqué ma curiosité. Mon oncle, lui aussi, semblait avoir changé radicalement de comportement. Après la lecture de l'article intitulé « La Tragédie des jumeaux », il m'était apparu sous un jour différent. Ralf y évoquait avec une tristesse infinie mon frère disparu, et avec tendresse mon père, son propre jumeau. Erik Blair d'ailleurs avait affirmé que, du temps de leurs études à l'université, Ralf ne quittait jamais mon père. Tout concordait à donner de lui l'image d'un frère aimant et non pas distant.

Mais cette impression reflétait-elle la réalité ? Ralf m'avait fait un aveu : il en savait plus que je ne le pensais sur le DMO, le Dangereux Mystère Ormond. Il n'en avait néanmoins rien dit durant des années et des années.

Après avoir dégagé un espace devant la bibliothèque en écartant des papiers, je me suis agenouillé et j'ai saisi deux des plus gros albums sans cesser de guetter les bruits de la rue, afin de ne pas risquer de me laisser surprendre.

Le premier album était consacré au mariage de Ralf. Il posait avec ma tante Clara. Il souriait, pourtant ses yeux étaient tristes.

Je n'avais pas beaucoup connu ma tante Clara. Je me souvenais vaguement d'une femme réservée, plutôt gentille. Je n'avais jamais songé à quel point Ralf avait dû se sentir seul après l'avoir perdue.

J'ai replacé l'album sur son étagère.

Le deuxième volume était plus ancien et poussiéreux. J'ai tout de suite identifié Ralf et mon père, côte à côte. Ils devaient avoir environ mon âge. Je les ai observés attentivement. Sur presque chaque cliché, l'un des deux frères avait le bras passé autour des épaules de l'autre. Ils souriaient jusqu'aux oreilles et paraissaient heureux. Ils se ressemblaient comme deux gouttes d'eau.

J'ai tourné les pages, curieux d'en voir davantage. Photo après photo, ils figuraient toujours ensemble, faisant des grimaces, prenant des poses amusantes, soufflant des bougies d'anniversaire, portant le même costume bleu pastel lors de fêtes, exhibant fièrement leurs planches de surf. L'album comptait des centaines de clichés.

Les mots de Ralf me sont revenus en mémoire. « Mon frère et moi sommes extrêmement proches – pour ne pas dire inséparables – depuis toujours. »

Je me suis assis sur mes talons. J'ai froncé les sourcils en découvrant des photos de bébés. Je me suis reconnu, debout, agrippé au pied d'une chaise. Dans le fond se tenaient mon père et Ralf, épaule contre épaule. Je me suis interrogé sur les traces décolorées laissées par des clichés qu'on avait enlevés... Il devait s'agir de ceux de mon frère Sam.

Le reste, des vues d'usines et d'immeubles, n'avait pas grand intérêt. Ralf semblait avoir perdu toute envie d'illustrer sa vie. Au moment où je rangeais l'album, une enveloppe cachetée est tombée d'une pochette de négatifs.

Intrigué, j'ai examiné le nom du destinataire.

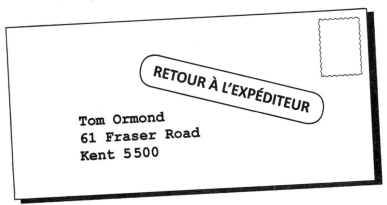

Au dos figurait l'ancienne adresse de Ralf. Pourquoi cette lettre avait-elle été renvoyée à mon oncle ? Pourquoi mon père ne l'avait-il jamais lue ?

J'ai soigneusement décollé le rabat.

Tom,

Tu dois cesser de culpabiliser au sujet de ce qui est arrivé aux bébés. Ce n'était pas ta faute. Ce n'était la faute de personne. Bientôt, Cal cessera de réclamer son frère. Même si c'est dur à entendre, il a la chance d'être assez jeune pour oublier qu'il a eu, un jour, un jumeau.

La perte de Sam m'est très pénible à moi aussi. Il ne s'agit pas de mon fils, bien sûr, cependant tu sais à quel point j'aime mes neveux. Comme mes propres enfants. Je garde espoir qu'on le retrouve, malgré le pessimisme de la police.

J'imagine bien pourquoi tu n'as pas envie de me voir en ce moment : cela te rappelle trop le fait que Cal ne connaîtra peut-être jamais la relation que toi et moi avons vécue. Toutefois, lorsque le temps aura pansé tes blessures, j'espère que tu me laisseras à nouveau prendre part à ta vie. Comme avant. Me tenir éloigné ne te facilitera pas les choses, Tom.

Malgré l'enlèvement, Clara et moi avons décidé de maintenir la date de notre mariage. J'aimerais que tu sois à mes côtés, que tu acceptes d'être mon témoin. Si tu ne t'en sens pas la force, je comprendrai ta décision.

Dans l'espoir que tu diras oui,

Ton frère Ralf

4 décembre
J –28

00:01

Mes mains se sont mises à trembler tandis que
je lisais la lettre de Ralf. Mon père l'avait rejeté ? Je
n'en croyais pas mes yeux. J'avais toujours pensé,
au contraire, que c'était mon oncle qui désirait
garder ses distances.

En étudiant de plus près les photos du premier album, je me suis aperçu que mon père ne
figurait sur aucune d'elles. Il avait donc refusé
d'être le témoin de son frère et même d'assister à
son mariage ! Il l'avait laissé tomber, en quelque
sorte. Voilà pourquoi Ralf semblait triste ce
jour-là... Après la disparition de l'un de ses fils,
mon père n'avait pas eu la force de seconder son
propre jumeau. Son attitude m'a paru étrange,

cependant j'étais bien placé pour savoir que le chagrin pousse parfois les gens à se conduire bizarrement.

Ma mère en était le meilleur exemple.

Une fois la lettre repliée, je l'ai glissée dans son enveloppe.

Puis j'ai repensé à tout ce que Ralf avait accompli pour nous depuis la mort de mon père. Il avait offert un toit à ma mère alors que sa situation financière ne lui permettait plus de garder notre maison. Il avait assuré à Gaby la meilleure assistance médicale pendant son coma. Pour elle, il avait même réaménagé le premier étage de sa villa. Il avait pris ma mère et ma sœur sous son aile au moment où elles avaient le plus grand besoin de protection. Il paraissait fermement décidé à se rapprocher de nous.

00:13

Même si la rue était toujours aussi silencieuse, je ne souhaitais pas m'éterniser. Ralf avait eu largement le temps de se rendre à la pharmacie de nuit puis de passer chez Marjorie. Il allait arriver d'une seconde à l'autre.

En jetant un dernier coup d'œil rapide à la pièce, j'ai repéré le sac à main en cuir rouge de ma mère. Il gisait par terre près de la table, à moitié renversé. Il fallait vraiment qu'elle soit dans un état second pour l'oublier. Elle ne s'en séparait jamais.

Je l'ai ramassé. Son poids inhabituel m'a incité à en examiner le contenu : une grosse enveloppe matelassée a aussitôt attiré mon attention. À la lecture de la mention imprimée en haut, à gauche, j'ai froncé les sourcils : Bones & Associés.

Qu'est-ce qu'une enveloppe du cabinet Drake Bones faisait dans le sac de ma mère ?

Le ronflement d'un moteur, dans la rue, m'a arraché à mes réflexions. J'ai empoché la lettre adressée à mon père, puis fourré l'épaisse enveloppe dans mon sac à dos, avant de me précipiter au-dehors.

Ralf était de retour. Il se garait dans l'allée. J'ai bientôt reconnu la voix de Gaby, qui descendait de voiture avec ma mère. Au moment où elles pénétraient dans la villa, j'ai déguerpi sans me retourner.

J'ai couru aussi vite que possible en direction de Memorial Park, tandis qu'une véritable tornade agitait mon esprit. Mon père portait l'entière responsabilité de sa rupture avec Ralf, et non le contraire. Quant à Drake Bones, il était censé être en Irlande. Décidément, je ne comprenais plus rien. Toutes mes certitudes s'effritaient.

CONSPIRATION 365

Mausolée
Memorial Park

01:12

Boris et Winter sont sortis de l'ombre au moment où je posais les pieds sur la mosaïque jonchée de feuilles mortes de la vaste salle circulaire.

La lune brillait d'un éclat intense à travers le vitrail et l'ange Ormond semblait nous fixer avec sévérité.

– Qu'est-ce qui se passe, Cal ? s'est inquiétée Winter. Tu es tout pâle.

– C'est le reflet de la lune, ai-je répondu sans conviction. Si on s'asseyait ?

Après les avoir informés de mon expédition au cap Dauphin, je leur ai tendu la lettre de Ralf. Ils l'ont parcourue avec avidité.

– Il ne mentait pas, alors, a remarqué Boris. Ton père et lui étaient vraiment proches jusqu'à...

– ... l'enlèvement, a complété Winter.

– Je ne m'attendais pas à ça, a observé Boris.

– Moi non plus, et pas davantage à la suite, ai-je soupiré en extrayant l'épaisse enveloppe matelassée de mon sac à dos. Regardez ce que j'ai trouvé dans le sac à main de ma mère.

Winter a tout de suite repéré l'adresse de l'expéditeur.

– Eh bien, vas-y, ouvre-la !

Je me suis exécuté à contrecœur, angoissé par ce que j'allais découvrir. Boris et Winter se sont rapprochés pour mieux voir.

Lorsque j'ai déversé le contenu de l'enveloppe sur le sol en mosaïque, personne n'a pu articuler un seul mot.

Elle ne renfermait pas de documents. Étincelant de tous ses feux sous le clair de lune, est apparu sous nos yeux le Joyau Ormond, posé sur l'Énigme.

Winter a saisi le bijou.

— *Amor et suevre tosjors celer*, a-t-elle murmuré en suivant du doigt l'inscription à peine visible. Un amour dont les œuvres doivent toujours rester secrètes.

Puis, levant les yeux vers moi :

— C'était ta mère qui les détenait ?

Mon visage devait afficher la même expression hébétée que celui de mes amis. Nous aurions dû sauter de joie, exulter, mais trop de questions sans réponse assombrissaient nos esprits.

— Ta mère serait Eau-Profonde ou Double-Jeu ? a lentement articulé Boris, incrédule.

J'ai secoué la tête.

— Impossible. Il doit y avoir une autre explication.

— Cette odeur que tu as reconnue dans le salon funéraire… Tu la refoules peut-être… a-t-il poursuivi, faisant allusion à ma réaction au parfum de ma mère quand nous nous étions introduits chez Ralf.

Il a passé ses mains dans ses cheveux.

— Je n'arrive pas à croire que ta mère soit mêlée à cette histoire.

— Attends une minute. Tu n'en as aucune preuve. Elle…

J'ai été interrompu par une voix qui s'exclamait :

— Waouh ! Qu'est-ce que c'est ?

Je me suis aussitôt retourné.

— Gaby ! Que fais-tu ici ?

— Tu m'as dit que tu irais au Mausolée. J'ai attendu que Ralf et maman soient couchés pour sortir. Ne t'inquiète pas, ils ne se doutent de rien !

Ma petite sœur venait de fuguer en pleine nuit et elle paraissait plutôt fière de s'être débrouillée toute seule pour me rejoindre !

Gaby a couru embrasser Boris et Winter.

— C'est le Joyau Ormond, lui ai-je expliqué. Et voici l'Énigme Ormond. Deux objets très précieux.

— Où tu les as trouvés ?

Winter a baissé les yeux tandis que Boris, estomaqué, demeurait songeur.

— C'est une vraie émeraude ?

— On dirait bien, a déclaré Boris. Aussi grosse qu'un œuf de pigeon.

Pendant qu'ils parlaient tous les deux, Winter m'a attiré à l'écart pour me demander d'un air inquiet :

— Ta mère les conservait dans son sac ?

DÉCEMBRE

J'ai hoché la tête. Gaby s'est tournée vers nous. Les paroles de Winter ne lui avaient pas échappé.

– Maman les avait? Je croyais qu'elle n'était au courant de rien?

À court d'arguments, j'ai haussé les épaules. Je commençais à entrevoir la pénible vérité. Ma mère en avait toujours su beaucoup plus qu'elle ne le prétendait. Elle connaissait l'existence du calque et du coffret à bijoux vide; elle avait entendu Ralf m'interroger sur l'Énigme Ormond. Je la revoyais en train d'examiner, sur le mur de ma chambre, l'ange dessiné par mon père, avant que ne débute cette année de folie...

Tout à coup, le mausolée s'est mis à tourner autour de moi. Se pouvait-il que ma mère... Non! J'ai tenté de me persuader du contraire, toutefois mon esprit s'emballait. Depuis un an, ou presque, elle se conduisait avec moi comme une étrangère. Si elle était capable de me rejeter, était-elle capable de... m'agresser?

– Alors, quoi? a crié Gaby en agrippant mon sweat.

Elle a glissé les mains dans mes poches, je l'ai écartée.

– J'ai les doigts gelés, a-t-elle gémi. Qu'est-ce qui vous prend, tous?

– Excuse-nous, Gaby, a dit Boris. On est préoccupés. Écoute, Cal, l'important, c'est qu'on les ait récupérés. On s'inquiétera du reste plus tard.

— Boris a raison.

— On ferait mieux de te ramener chez toi, a suggéré mon ami en tirant gentiment une natte de ma petite sœur.

Gaby a ronchonné et l'a repoussé.

— Je ne suis plus un bébé. Je peux vous aider!

— D'accord, a approuvé Winter. Tu vas retourner à la maison. On a besoin de toi pour surveiller ta mère et Ralf. Tu seras notre espionne!

Rassérénée, Gaby a hoché la tête.

— Viens, a renchéri Boris. Je te raccompagne.

La cabane perchée

03:00

Après avoir regagné ma cabane, j'ai mis mon portable en charge et constaté que j'avais raté deux appels de Sharkey. Il avait laissé un message. Winter et moi l'avons aussitôt écouté, espérant qu'il concernait notre voyage en Irlande.

— *C'est Nelson. J'ai les billets d'avion. Nous décollons tous les quatre le 23. Jusque-là, faites-moi plaisir, évitez les problèmes.*

— Génial! s'est écriée Winter. La date est enfin fixée. Tu te rends compte! Et en plus, on a récupéré le Joyau et l'Énigme.

— Incroyable, ai-je soufflé, incapable de chasser les sombres pensées qui m'agitaient.

Tout en bâillant, Winter a éjecté d'une pichenette une minuscule araignée qui lui grimpait sur le bras.

— En attendant le jour du départ, j'ai intérêt à trouver un toit. Je ne suis pas comme toi, Cal, du genre à vivre trois semaines dans un arbre. Je pense interroger Sharkey. Il connaît peut-être un endroit sûr où Sligo n'ira pas me dénicher.

9 décembre
J –23

Fitform

`16:40`

Assis sur des caisses retournées derrière la salle de gym, Boris, Winter et moi attendions que Nelson sorte du vestiaire. Nous devions mettre au point les ultimes détails du voyage.

Winter m'avait manqué ces derniers jours. Sharkey l'avait installée dans un motel tenu par un ancien policier de sa connaissance. Malgré les tentatives de Winter pour me convaincre de l'y rejoindre, j'avais préféré rester dans ma cabane perchée chez les Lovett où je me sentais davantage en sécurité. Et je voulais éviter d'attirer l'attention sur elle. Il ne fallait surtout pas que Sligo la retrouve.

– J'ai un truc pour toi, m'a annoncé Boris, très fier, en me tendant une montre de plongée. Elle fonctionne normalement mais possède, en plus, une radiobalise.

– Encore une balise de détresse ?

– Ouaip. Mon cadeau de Noël, en quelque sorte. J'ai bricolé le remontoir. Quand tu appuies dessus, tu actives un signal radio d'urgence.

Il a joint le geste à la parole. D'étranges pulsations bleues ont aussitôt éclairé le cadran. Désignant sa propre montre, il a ajouté :

– Un récepteur est intégré à celle-ci, qui capte le signal et m'indique les coordonnées GPS de l'endroit où tu te situes.

Tandis que Winter s'approchait pour observer ma montre de plus près, je l'ai glissée à mon poignet.

– Elle est super, Boris, a-t-elle déclaré. Espérons que Cal n'en ait pas besoin cette fois.

– Deux précautions valent mieux qu'une. Et puis ce modeste présent amortira peut-être le choc de la nouvelle que je vais t'apprendre.

– Je t'écoute, ai-je grommelé.

– J'ai lu sur le Net ce matin que la police te soupçonne de vouloir quitter le pays.

– Erik Blair m'en avait touché un mot. Bon sang, comment est-elle au courant ?

– Aucune idée, mais la brigade Rapace renforce la sécurité de tous les aéroports pour t'appréhender.

Les cheveux mouillés, peignés en arrière, Nelson est apparu sur le seuil de la porte en tapant dans ses mains. Il a tiré une caisse pour s'asseoir à côté de nous.

– J'ai réfléchi à un plan, seulement on doit tous se mettre d'accord sur les mensonges à débiter. Donc, voilà mon idée : je suis professeur et j'accompagne quelques élèves en Irlande pour un voyage scolaire.

– Cool, a répondu Boris. Vous serez notre prof d'histoire alors ? Vous en auriez bien la tête.

– Pourquoi pas ? Je suggère que nous nous rendions ensemble à l'aéroport. Je laisserai ma voiture dans l'un des parkings. Tu seras plus en sécurité avec nous, Cal. La police se concentrera sur les individus isolés, pas sur les groupes.

– Peut-être. N'empêche, on sera obligés de passer un par un les contrôles de sécurité... Pourvu que je les franchisse sans problème.

– Moi aussi, a soupiré Boris. Je suis connu des services de police. Je dois même être fiché. Vous croyez que je risque d'être arrêté ?

– Ne t'inquiète pas, tu n'auras pas le moindre ennui, l'a rassuré Sharkey en lui tapotant l'épaule.

Il a plongé la main dans son sac de sport et en a extrait une enveloppe marron qu'il a tendue à Boris.

– Qu'est-ce que c'est ? s'est enquis mon ami.

À l'intérieur, il y avait un passeport bleu foncé.

– Ouvre-le, l'a pressé Sharkey.

– Hé! C'est ma photo! *Josh Stern?*

– Content de ton nouveau nom, Josh?

Boris a dévisagé Sharkey avec des yeux ronds.

– C'est génial, Nelson, mais avec quel argent avez-vous...

– Ne t'inquiète pas. J'ai négocié l'affaire avec le faussaire et obtenu qu'il me fabrique deux passeports de plus.

J'étais sidéré.

D'un geste vif, Sharkey a sorti une autre enveloppe marron pour Winter, qui l'a ouverte avec excitation.

– Grace Lee? a-t-elle lu.

– Oui. Vu les nombreuses relations de Vulkan Sligo, il est plus prudent que ton nom n'apparaisse pas sur les listings de l'aéroport. Cela risquerait d'attirer l'attention de personnes malveillantes.

J'ai serré la main de Sharkey.

– Merci. Obtenir trois passeports pour le prix d'un n'a pas dû être simple. Sans vous, notre voyage en Irlande risquait fort de s'achever à la police des frontières.

– Oublie ça, Cal. À partir de maintenant, il faut vous entraîner à utiliser vos nouveaux noms afin de réagir au quart de tour, sans la moindre hésitation. Entendu, Matt Marlowe?

– Entendu, m'sieur. Vous devriez tous m'appeler Matt, OK, Grace?

– Pas de problème, Matt, a répliqué Winter.

– Parole de Josh, a enchaîné Boris.

Sharkey avait l'air satisfait.

– Parfait. Le jour du départ arrivera très vite. En attendant, mémorisez les détails de vos passeports et réfléchissez au contenu de vos valises. Moi, je garde les billets. Je vous appellerai bientôt pour fixer un autre rendez-vous.

– Vous seriez d'accord, Nelson, pour que je fournisse votre numéro de téléphone à ma mère ? a demandé Boris. Ce « voyage scolaire » organisé à la dernière minute va l'inquiéter. Si elle pouvait vous appeler, ça la rassurerait.

Sharkey a pincé les lèvres et grincé :

– Tant qu'elle ne m'interroge pas sur l'histoire de l'Irlande...

13 décembre
J –19

08:10

Depuis plusieurs jours, je pensais souvent à Ryan. Ce matin, je me sentais attiré vers lui comme par un aimant. J'éprouvais le besoin urgent de le voir pour rattraper le temps perdu. Toutes ces vieilles photos de mon père et de Ralf étaient imprimées dans ma tête. Il fallait à tout prix que je parle à mon frère jumeau.

J'avais beau le connaître à peine, il était le seul membre de ma famille chez qui je pouvais me rendre sans crainte. Et il avait le droit d'apprendre tout ce que je savais de notre passé.

Je n'avais qu'un moyen de le contacter : traîner devant son immeuble en espérant qu'il se montrerait tôt ou tard.

Adossé contre les boîtes aux lettres, j'ai parcouru un journal de la veille trouvé dans une poubelle proche. La matinée était chaude. Sans les interrogations sur ma mère qui me mettaient au supplice, j'aurais savouré avec bonheur la perspective de m'envoler quelques jours plus tard pour l'Irlande.

– Bonjour Ryan, m'a lancé une vieille dame.

Sidéré, j'ai levé la tête. Elle m'avait confondu avec mon frère.

– Bonjour, ai-je répondu, troublé.

Pourvu qu'elle n'insiste pas…

– Sois gentil, salue ta mère de ma part, a-t-elle ajouté avant de poursuivre son chemin.

Je poussais un énorme soupir de soulagement quand une silhouette familière est apparue à la porte de l'immeuble.

– Ryan !

Je me suis précipité vers lui. À ma vue, son visage s'est éclairé.

– Salut, Cal ! Je voulais te parler, mais j'ignorais comment te joindre. Monte vite avec moi.

– Je ne tiens pas à effrayer ta mère de nouveau.

La première fois qu'elle nous avait aperçus côte à côte, sa mère – la femme qui l'avait adopté – s'était évanouie.

– Elle n'est pas là. L'appartement est vide.

Assis en face de moi au salon, Ryan m'écoutait avec attention. Je lui ai raconté, de la façon la plus complète possible, tout ce que j'avais découvert sur nous. J'ai aussi répondu de mon mieux à ses questions sur sa mère.

– Alors on a été enlevés?

– Oui.

– Et ma mère – enfin, ma mère adoptive – ne connaît pas ma véritable identité? Elle ignore que je suis Sam Ormond, le bébé disparu?

– Exactement.

Après avoir entendu mon récit, Ryan est resté un long moment silencieux. Quelles pensées lui traversaient l'esprit? Était-il en colère? Bouleversé? Il s'est dirigé vers la fenêtre, les yeux braqués sur les toits où je l'avais autrefois poursuivi.

Finalement, il s'est retourné.

– Je comprends mieux à présent. J'ai souvent eu l'intuition que ma famille n'était pas « normale ». Je ne m'y suis jamais senti véritablement à ma place. Je ne ressemble pas à ma mère, nous n'avons rien en commun. Depuis toujours j'ai l'impression désagréable...

– Que quelque chose te manque?

Il a hoché la tête.

– Et ce cauchemar qui revient sans cesse... Il prend désormais un nouveau sens. Je suis dans un endroit sombre, glacé. Je pleure, tout à coup, je me retrouve ailleurs alors que je voudrais retourner là-bas. Je voulais rejoindre quelqu'un dans ce bâtiment...

Il a marqué une pause :

– ... ce quelqu'un c'était toi, mon frère. La nuit de l'enlèvement.

Je tremblais. Ainsi, le cauchemar de cet événement terrible avait aussi hanté ses nuits.

– Pourquoi Murray Durham a-t-il cherché à se débarrasser de nous ? a interrogé Ryan. Je ne pige pas.

– Il travaillait pour un commanditaire.

– Qui ?

– Aucune idée.

– Cal, peux-tu me rendre un service ?

– Je t'écoute.

– J'aimerais parler à ta mère. Enfin... à *notre* mère. Juste lui dire que je vais bien. Tu veux bien lui téléphoner de ma part ?

J'ai hésité une seconde. Mais, après tout, Ryan était le fils qu'elle avait perdu. Peut-être consentirait-elle à discuter avec lui.

Sur le visage de Ryan, j'ai lu à la fois l'appréhension, l'espoir et la détermination.

J'ai composé le numéro sur mon portable.

– Ça sonne !

Ce coup de fil ne risquait-il pas d'aggraver la situation, de mettre Ryan en danger ? Non, il

n'était pas l'héritier. C'était moi, l'aîné des garçons. Ce simple fait devait suffire à garantir sa
sécurité.

— Allô? a murmuré ma mère.

J'ai respiré à fond.

— Maman, c'est moi. Ne raccroche pas, s'il te
plaît. Je suis avec Ryan Spencer. Mon jumeau,
Sam.

J'ai attendu qu'elle réagisse, mais elle gardait le
silence.

— Il est à côté de moi, il souhaite te parler.

— Cal, je t'en supplie, arrête, laisse la mémoire
de Sam en paix. Il est mort...

Sa voix s'est brisée en sanglot.

— Pourquoi persistes-tu à me torturer ainsi?

— Je te jure que je ne mens pas, maman! Il est
là. Écoute-le au moins!

— Cal, je suis fatiguée...

Elle a coupé la communication. Douleur et
fureur m'ont envahi. Ma mère n'avait plus aucune
confiance en moi.

— Raté? a demandé Ryan.

J'ai acquiescé.

S'il semblait déçu, il s'est vite ressaisi.

— Elle sera bien obligée d'admettre la vérité tôt
ou tard. Surtout quand on se retrouvera face à face.

Vu le comportement de ma mère, j'envisageais
mal une telle rencontre, néanmoins je me suis
gardé de tout commentaire.

Je me suis levé.

– Bon, je file. J'ai plein de choses à préparer avant...

J'ai hésité. Était-il prudent de mentionner mon voyage en Irlande ?

– Avant quoi ? a lancé Ryan en souriant. Je ne vais pas te trahir, tu sais. Je suis ton frère. On a au moins quinze ans de solidarité à rattraper. Tu peux compter sur moi.

Je me suis surpris à le croire sur parole, moi qui, depuis douze mois, ne me fiais plus à personne.

– Je prends l'avion pour l'Irlande le 23.

– Tu risques de te faire arrêter à l'aéroport. Ce n'est pas un peu...

– Insensé ? Possible, mais je dois courir le risque. Aller là-bas est mon ultime chance d'élucider les mystères qui planent sur notre famille. Je possède un faux passeport. J'espère que cette ruse suffira. Je n'ai pas le choix. Le temps presse.

– Je comprends. Alors je n'ai plus qu'à te souhaiter bonne chance.

18 décembre
J –14

La cabane perchée

16:36

___

Comme notre avion pour l'Irlande décollait dans moins d'une semaine, Boris, Winter et moi avons fait une dernière fois le bilan des éléments en notre possession.

J'ai tout étalé sur le sol tandis que Winter dressait une liste.

DESSINS

- Ange : ange Ormond, Piers Ormond

- Majordome au black-jack : Black Tom Butler, dixième comte d'Ormond, agent de la reine Elizabeth Ière.

- Joyau Ormond donné par Elizabeth Ière.

- Objets pouvant être portés : Joyau Ormond

- Singe avec balle : portrait de la reine?

- Sphinx et buste de Romain : Énigme Ormond...
et chiffre de César?

- Garçon à la rose : héritier de la Singularité
Ormond? Rose Tudor[1]?

- Porte au numéro 5 : lien avec les photos de la clé
USB?

- Calque Kilfane et G'managh : une carte?

JOYAU ORMOND & ÉNIGME ORMOND
- Code à double clé lié à la Singularité Ormond

PHOTOS ENREGISTRÉES SUR LA CLÉ USB
- Ruines de château

- Porte au numéro 5 : lien avec le dessin?

- Armoire sculptée : idem

Winter m'a tendu son inventaire.

– La première chose à faire à Dublin, a-t-elle déclaré, sera de contacter le conservateur des livres rares du Trinity College. Bien sûr, on ne lui révélera pas tout. On verra quelles informations il nous fournit. S'il nous aide à mettre la main sur les deux derniers vers de l'Énigme, on aura une longueur d'avance sur nos ennemis.

1. Rose rouge, symbole de l'Angleterre.

Devant nos mines sceptiques, elle a ajouté :

– Je me moque des contacts locaux de Bones et Sligo. Ils ne nous coifferont pas au poteau.

Elle a balayé une mèche de cheveux de son visage avant de poursuivre en me fixant :

– Ensuite on se rendra à Carrick-on-Suir, au manoir Clonmel où séjournait ton père. Boris, je veux dire *Josh*, tu nous montres la carte d'Irlande que tu as imprimée ?

– Tout de suite, *Grace*.

Il a déplié une immense carte par-dessus les papiers étalés sur le plancher.

– Carrick-on-Suir est assez éloigné de Dublin, a constaté Winter. Mais on y accède sans problème en train ou en car.

J'ai sorti la photo des ruines.

– De là, on explorera la région. Avec un peu de chance, un habitant du coin reconnaîtra ce château.

– N'oubliez pas que c'est l'hiver en Irlande, a observé Boris. Il risque de neiger. Pensez à emporter des vêtements chauds.

Sur ce, il a tiré de sa poche un bonnet de laine à rayures bleues et blanches qu'il a enfoncé sur sa tête, dissimulant ses cheveux bouclés qui commençaient à repousser.

J'avais sous les yeux le calque aux deux noms, Kilfane et G'managh, séparés par un point noir.

– Tant d'éléments nous échappent, ai-je soupiré.

– On y verra plus clair là-bas, a rétorqué Boris.

Il a entrepris de rassembler ses affaires.

– Je dois rejoindre Nelson pour régler d'ultimes détails. Vous vous rendez compte ? Ça y est, on part ! Bientôt, on sera en Irlande...

– Génial ! s'est exclamée Winter avec un grand sourire. Je suis super excitée. Quoi qu'il arrive, on va vivre une aventure fantastique.

Leur enthousiasme a fini par déteindre sur moi.

– Oui, vous avez raison. Vivement le 23 !

18:10

À peine me suis-je retrouvé seul que l'angoisse m'a envahi. J'avais beau m'efforcer de chasser ma mère de mon esprit, je ne parvenais pas à éloigner les soupçons qui m'agitaient. Je m'imaginais, aussi, capturé par la police au moment de monter à bord de l'avion. Finalement, je me suis fait une raison, je ne serais soulagé qu'une fois dans les airs.

23 décembre
J –9

11:00

Dehors, le soleil brillait depuis l'aube. Dans un arbre voisin, les oiseaux piaillaient si fort que je distinguais à peine les paroles de Winter au téléphone.

– Parle plus fort, s'il te plaît.

Sa voix tremblait d'excitation.

– Je suis prête ! Nelson passe d'abord chercher Josh, ensuite moi, puis toi. Il sera au motel d'une minute à l'autre... Je n'ose pas te l'avouer, Matt, mais j'ai le trac. Et si ça tournait mal ?

Bien que je me sente aussi tendu qu'elle, j'ai voulu la rassurer :

– Impossible, Grace. Tout ira bien.

11:21

En les attendant, j'ai vérifié le contenu de mon sac une bonne dizaine de fois. Nous devions arriver à l'aéroport vers 13 heures pour régler les formalités d'embarquement. Le décollage était prévu à 15 heures. Je me suis peigné avec les doigts, en rabattant mes cheveux sur mes yeux.

Les lentilles de contact! J'avais failli les oublier. Je me suis empressé de les repêcher au fond de mon sac pour les mettre.

11:29

Dès que j'ai entendu la voiture de Sharkey s'arrêter dans la ruelle, je me suis assuré que la voie était libre, puis je me suis laissé glisser le long de la corde et faufilé pour la dernière fois à travers la haie des Lovett.

— Bonjour, monsieur, ai-je plaisanté en montant dans le véhicule.

Il a eu un rire bizarre qui a décuplé ma nervosité. J'ai jeté un coup d'œil à mes amis. Eux aussi paraissaient mal à l'aise.

— Un problème?

— Nelson vient de nous annoncer une mauvaise nouvelle, a répliqué Boris.

— Un important congrès sur le thème de la sécurité doit se tenir à Richmond les quatre prochains jours, a expliqué Sharkey. Des brigades antiterroristes du monde entier envahissent la ville. Elles se livreront à toutes sortes d'exercices : fouilles d'immeubles, barrages routiers, blocages de ponts, verrouillage des aéroports, et j'en passe.

— Verrouillage des aéroports ? ai-je répété.

— Ils étaient déjà sous haute surveillance, désormais la brigade Rapace multiplie les mesures de sécurité. On parle de fouille systématique des voitures et transports publics.

Boris a secoué la tête.

— Il y a pire apparemment, les autorités procéderont à des vérifications d'empreintes digitales au terminal des départs.

— Qu'est-ce qu'on fait ?

— Rien de spécial, a répondu Sharkey. On suit notre plan et on croise les doigts.

J'ai poussé un énorme soupir. De l'autre côté de la vitre, le monde défilait à toute allure sous mes yeux.

— Allez, m'a rassuré Winter en me tapotant le genou. On passera au travers des contrôles. Je le sens. Fais-moi confiance.

Je me suis efforcé de lui sourire. Elle portait un béret vert émeraude par-dessus ses cheveux noirs qui lui retombaient sur les épaules. J'espérais que son sixième sens ne la trompait pas.

— Vos biographies sont au point ? a demandé Sharkey.

Heureux de distraire mon attention des crampes qui me torturaient l'estomac, j'ai répondu :

– Absolument. Je m'appelle Matt Marlowe. Je participe à un voyage scolaire en Irlande avec Josh Stern, Grace Lee et notre professeur d'histoire, Mr Nelson Sharkey.

Sharkey a hoché la tête en signe d'approbation. Il dégageait une impression de sang-froid étonnante alors même qu'il se rendait complice d'un fugitif.

Plus nous approchions de l'aéroport, plus les voitures de patrouille et les hélicoptères se multipliaient autour de nous. Par chance, tous les policiers chargés de fouiller les véhicules se dirigeant vers le terminal des départs étaient occupés et nous sommes passés sans encombre.

Aéroport

12:25

Une fois la voiture garée au parking, l'étape la plus angoissante du voyage commençait. Je me suis obligé à ne pas jeter de coups d'œil inquiets autour de moi. Pourtant, impossible de cacher la sueur qui me couvrait le front. Les agents affectés au contrôle des passeports étaient entraînés à repérer les passagers suspects. Je devais à tout prix dominer ma nervosité sous peine d'être démasqué.

Heureusement, en cette période de Noël, l'aéroport grouillait de monde. Beaucoup de gens partaient en vacances. La plupart rejoignaient sans doute leur famille à l'étranger, comme Sharkey. Ils s'affairaient, attachant des étiquettes à leurs bagages, courant après leurs enfants turbulents, traînant des valises surchargées de cadeaux. Notre groupe maussade me semblait détonner.

J'entamais la dernière étape de ma quête débutée en janvier. J'approchais de la ligne d'arrivée et du verdict final. J'ai changé mon sac d'épaule. À l'intérieur, les vêtements chauds prêtés par Boris pour affronter l'hiver irlandais protégeaient une pochette contenant l'Énigme, le Joyau et nos notes. Je ne ferais pas enregistrer mon sac à dos. Pas question de me séparer de son précieux contenu.

– Détends-toi, Matt, m'a soufflé Winter.

– J'essaie, Grace, ai-je grommelé entre mes dents. J'essaie.

Nelson nous a interrompus :

– OK. Nous sommes prêts, il n'y a plus qu'à embarquer. Si vous avez des questions, posez-les-moi.

Sa voix était ferme et il procédait avec méthode. Pourtant, j'ai remarqué qu'il parcourait la zone d'enregistrement des vols internationaux d'un regard inquiet.

13:21

Après l'enregistrement des bagages qui s'est déroulé sans problème, nous avons suivi Sharkey vers le point de contrôle des passeports où attendaient déjà un grand nombre de passagers. Nous étions tellement tendus que nous ne pouvions articuler un mot.

Brusquement, Sharkey a ralenti, nous contraignant à nous arrêter derrière lui. Il s'est retourné avec une certaine désinvolture, cependant l'expression de son visage ne présageait rien de bon.

Un coup d'œil m'a suffi pour appréhender la situation. Horreur! Nous nous dirigions droit vers un détachement d'agents de sécurité chargés de relever les empreintes digitales des voyageurs.

– Comment faire? a chuchoté Winter.

L'espace d'une seconde, Sharkey a semblé déconcerté. Il s'est vite ressaisi.

– Avancez en affichant toute l'assurance dont vous serez capables, a-t-il ordonné alors qu'il faisait mine de chercher quelque chose dans son portefeuille. Impossible de reculer, on serait repérés immédiatement. C'est quitte ou double.

Il s'est remis en marche. Nous étions obligés de lui emboîter le pas. Mon cœur battait à tout rompre.

– Excusez-moi, monsieur, a lancé une voix. Venez ici, avec votre groupe, s'il vous plaît.

J'ai cru recevoir un uppercut dans l'estomac. Le genre de coup qui vous met KO. Et dont on ne se relève pas.

J'ai jeté un regard désespéré à Boris et Winter, aussi paralysés par la peur que moi.

À nouveau, Sharkey s'est tourné vers nous, l'air résigné.

– Regroupement !

On allait relever nos empreintes. Nous avions échoué. Jamais nous ne résoudrions le DMO.

J'ai fermé les yeux et pensé à la vie dont je rêvais, une vie paisible en compagnie de ma mère, Gaby et mon frère jumeau. Fichu !

Soudain, un brusque mouvement s'est produit dans la foule. Devant nous, le groupe de policiers affectés au relevé des empreintes s'est disloqué comme par enchantement. Certains se sont précipités vers un écran de télévision. D'autres ont sorti leur talkie-walkie.

Que se passait-il ?

Mon cœur cognait dans ma poitrine. J'ai regardé de tous côtés. Les caméras de surveillance m'avaient-elles repéré ?

Une brigade antiémeute allait-elle surgir et me plaquer au sol ?

Où me cacher ? Où aller ? J'étais pris au piège !

J'ai fait volte-face. L'incroyable chaos se propageait à tout l'aéroport. Des voyageurs lâchaient leurs valises pour s'approcher des écrans de télévision, discutaient, gesticulaient avec excitation.

– Là! a crié Winter en désignant un petit écran non loin de nous.

Sur un bandeau qui défilait, on pouvait lire : « L'adolescent fugitif, Cal Ormond, entraîne les policiers dans une folle course-poursuite. Le préfet de police lance un appel au calme. »

Winter m'a saisi le bras.

La présentatrice annonçait :

– *Nous interrompons notre programme pour un bulletin exceptionnel.*

J'ai tendu l'oreille au milieu du brouhaha ambiant. Je ne voulais pas perdre un mot du reportage.

– *Nous sommes en direct avec notre correspondant dans les rues de Richmond. Dites-nous, Anton, il paraît que Cal Ormond a été localisé par la police. Où est-il exactement à la minute où nous vous parlons ?*

– *Oui, Julia, c'est absolument insensé. Peu après 14 heures, l'ado-psycho, Cal Ormond, a percuté les portes du commissariat central avec une voiture. Il a ensuite pris la fuite à pied, mais des policiers l'ont capturé il y a quelques minutes à peine devant l'hôtel de ville. La police confirme à l'instant l'arrestation du jeune Ormond, désormais placé en garde à vue.*

Quoi!?

Plantés derrière moi, Boris, Winter et Sharkey ne parvenaient pas à détacher leurs yeux de l'écran.

– Qu'est-ce que ça signifie ? a demandé Boris, interloqué.

– Ryan ! ai-je soufflé.

Un immense soulagement m'a envahi.

– Il savait que je prenais l'avion aujourd'hui ! ai-je expliqué. Il a détourné l'attention de la police pour me permettre de quitter le pays.

Au-dessus de nos têtes, les hélicoptères s'éloignaient de l'aéroport.

L'officier qui nous avait interpellés nous a fait signe de passer.

Sharkey a aussitôt réagi :

– Vite, pas la peine de moisir ici.

À nouveau plein d'assurance, il nous a précédés vers les agents du contrôle des frontières. Nous étions tirés d'affaire. Plus personne ne me cherchait. Pour la première fois depuis presque un an, je n'étais plus un fugitif.

14:32

Épuisés mais soulagés, nous nous sommes affalés tous les quatre sur les sièges durs et inconfortables du hall d'embarquement. Encore quelques minutes et nous serions à bord de l'avion.

Lorsque j'ai sorti mon portable pour l'éteindre, je me suis aperçu qu'un message m'avait été envoyé une heure plus tôt.

📶 J V feR 1 truc 2 d1gue... GSpR ke ça Tdra à prendre l'avion. KiC, p-ê ke notre mR va me voir. Bon voyage, frang1 ! A bi1to ! Ryan.

24 décembre
J –8

Temple Hotel
Dublin
Irlande

19:26

J'avais beau m'y attendre, l'air glacial m'a causé un choc. Un taxi nous a conduits jusqu'à notre petit hôtel du quartier de Temple Bar, dans le sud-ouest de Dublin. Des guirlandes de Noël illuminaient les quais de la Liffey River. Le chauffeur nous a indiqué plusieurs curiosités de la ville, dont l'Abbey Theatre. Au passage, nous avons repéré les lumières bleues de la Garda – la police de la République d'Irlande. Savoir que ces policiers-là ne me recherchaient pas m'a procuré un soulagement énorme.

À l'hôtel, nous nous sommes présentés sous nos faux noms. Boris et moi partagions la même chambre. Winter logeait sous les toits, dans une pièce minuscule ; pourtant elle était ravie. Nelson Sharkey occupait une chambre juste en face de la nôtre. Il n'y passerait qu'une nuit car ses cousins étaient déjà arrivés pour leur gigantesque réunion de famille. Dès le lendemain matin, il les rejoindrait à Roscommon, où avaient lieu les festivités, et il nous retrouverait seulement quelques jours plus tard.

21:00

Une fois installé, j'ai téléphoné au conservateur des livres rares du Trinity College, le Pr Theophile Brinsley, pour lui annoncer notre arrivée à Dublin.

— Demain, c'est Noël. Nous pourrions nous rencontrer le 26 ? a-t-il proposé. L'ancienne bibliothèque sera très calme, car c'est encore un jour férié. Rendez-vous sur les marches à l'extérieur, à 10 heures.

— Parfait. À bientôt. Oh, et joyeux Noël !

Je me suis tourné vers Boris, qui ronflait déjà dans son lit. Je mourais d'envie de l'imiter. Dormir ! Dans un vrai lit. Avec des draps et un oreiller propres. Pour la première fois ou presque depuis un an, je me sentais assez en sécurité pour dormir d'un sommeil de plomb.

DÉCEMBRE

Avant de sombrer, j'ai pensé à mon père, et chassé de mon esprit mes récents soupçons ou interrogations. Je préférais me le représenter tel qu'il était le jour de son départ pour l'Irlande. Être à Dublin me rapprochait de lui. Bientôt, j'irais à mon tour au manoir Clonmel et je serais enfin en mesure de reconstituer ses derniers déplacements.

25 décembre
J –7

Des guirlandes lumineuses de toutes les couleurs ornaient la salle du petit déjeuner tandis que deux rennes en bois, aux ramures agrémentées de babioles suspendues par des fils dorés, montaient la garde à la porte. Nous étions les seuls clients.

Sharkey avait avalé une tasse de café en vitesse avant de nous fausser compagnie pour rejoindre ses cousins. Il semblait préoccupé. Sans doute l'absence de ses enfants lui pesait-elle. Boris, lui aussi, paraissait soucieux. Il avait appelé sa mère et sa grand-mère, un peu plus tôt, et s'en voulait de les avoir abandonnées pour Noël.

– Dès qu'on rentrera en Australie, on organisera un repas de fête tous ensemble, ai-je promis. Avec

109

des montagnes de cadeaux, un énorme rôti et des tonnes de pommes de terre.

– J'en ai l'eau à la bouche, a déclaré Winter.

– Et moi donc, a renchéri Boris.

Pour ma part, je n'avais jamais passé un Noël sans Gaby. Je manquerais à ma sœur aujourd'hui... En revanche, je me demandais ce que ressentait ma mère et si elle avait vu à la télé la course folle de Ryan, son fils perdu.

Puis j'ai observé cette fille sidérante assise en face de moi, Winter. Elle avait tant perdu, pourtant elle demeurait décidée à faire éclater la vérité et à confondre Sligo, tout en m'aidant à achever ma propre quête.

– Qu'est-ce que c'est ? s'est écriée Winter en ramassant une enveloppe blanche sur la table, à la place que venait de quitter Sharkey.

Pour Matt, Josh et Grace
Joyeux Noël !
Nelson

– Ouvre, ai-je pressé Winter.

Elle a décacheté l'enveloppe et en a retiré une pochette en plastique de la taille d'une carte de crédit, qui contenait un trèfle à quatre feuilles.

– Quelle délicate attention ! s'est-elle exclamée en nous le montrant. Nelson était sans doute trop timide pour nous l'offrir directement. J'espère que son cadeau nous portera chance !

– Cool, a commenté Boris en l'examinant.

Je l'ai étudié à mon tour. Une fois de plus, Nelson faisait pour nous ce qu'il aurait souhaité accomplir pour ses enfants.

11:45

Nous avons décidé de repérer le lieu de notre rendez-vous avec le conservateur du Trinity College. Nous nous sommes habillés chaudement avant de sortir dans le froid glacial de ce matin de Noël. Guidés par le plan donné par le gérant de l'hôtel, nous avons déambulé à travers des rues pavées, entre les pubs et les boutiques.

Vêtue d'un long manteau blanc, une écharpe en laine rouge nouée autour du cou, son béret vert posé de guingois sur la tête, Winter marchait à mes côtés d'un pas rapide. Boris et moi portions des parkas noires et des bonnets de laine.

Me retrouver en Irlande, si loin de chez moi, me détendait. Cependant je gardais à l'esprit la présence en Irlande de Drake Bones, je me demandais ce qu'il manigançait à cet instant précis.

CONSPIRATION 365

Trinity College
Dublin

12:00

Des cloches se sont mises à sonner au moment où nous franchissions l'entrée impressionnante du Trinity College. En face de nous se dressait un clocher au milieu d'une grande place entourée de bâtiments imposants. Seules quelques personnes, le col remonté sur les oreilles pour se protéger du froid, circulaient entre les pelouses impeccables. Nous nous sommes arrêtés au pied du clocher avant de suivre les panneaux indiquant la direction de l'ancienne bibliothèque.

Debout sur les marches, frissonnant dans le vent, nous nous sommes souri. Nous avions réussi finalement. Nous étions en Irlande. Dans vingt-quatre heures, les deux derniers vers de l'Énigme Ormond seraient peut-être entre nos mains, et le nom des ruines qui figuraient sur les photos de mon père nous serait révélé. Dans vingt-quatre heures, avec un peu de chance, nous aurions une sacrée longueur d'avance sur Drake Bones.

26 décembre
J –6

09:55

Le Pr Brinsley était un homme très grand, aux cheveux blancs clairsemés. Il arborait des rides profondes sur le front, et des lunettes demi-lune perchées au bout du nez. Il nous a inspectés de la tête aux pieds. Lorsqu'il m'a serré la main, il a tout de suite repéré la bague celtique à mon doigt.

– Quel plaisir de voir ce motif classique ! s'est-il exclamé avec un léger accent irlandais. Le nœud de Carrick. Très répandu dans le sud-est du pays. Vous êtes ce tristement célèbre jeune homme qui a fini par mettre la main sur l'Énigme Ormond ?

Impressionné par la stature du professeur, je me suis contenté de hocher la tête.

– J'espérais beaucoup vous rencontrer, sans oser croire que cela arriverait un jour. Vous avez dû vous heurter à de sérieuses difficultés pour quitter votre pays.

– Oui, ai-je admis.

– Ainsi, vous possédez l'Énigme, à l'exception des deux derniers vers, n'est-ce pas ?

– En effet, et vous m'avez affirmé disposer d'informations à leur sujet, lui ai-je rappelé tandis qu'il nous conduisait à l'intérieur du bâtiment.

– Oui, oui. Suivez-moi.

Pourvu que cet homme soit digne de confiance !

Il a refermé les doubles portes et nous a précédés dans une pièce encombrée d'étagères. Une fois ce labyrinthe franchi, le Pr Brinsley a ouvert une autre porte puis nous a fait signe d'avancer.

Nous nous trouvions sur un petit palier bordé d'une rambarde, comme le balcon d'un théâtre. Une galerie surplombant la grande nef de la bibliothèque s'étendait sur des centaines de mètres. Elle était remplie à craquer de livres reliés en cuir brun, rangés dans des niches s'élevant jusqu'au plafond cathédrale de l'immense salle.

– Waouh, a soufflé Winter. Quelle bibliothèque impressionnante ! Je n'en ai jamais vu de pareille, sauf dans les films.

– Génial ! s'est exclamé Boris en se penchant sur la rambarde à côté de moi. Regardez tous ces livres anciens ! Il doit y en avoir des millions !

– Pas tout à fait, l'a corrigé le Pr Brinsley. Nous possédons deux cent mille volumes. Le célèbre *Livre de Kells*[1], lui, est conservé dans la salle du Trésor.

Le conservateur a toussoté avant d'ajouter :

– Vous possédez vous-même un trésor que je suis impatient de découvrir. Examinons-le ensemble, si vous le voulez bien.

Ses yeux curieux brillaient d'excitation. Il a dégagé son sous-main où s'empilaient de vieux ouvrages reliés et des documents, retiré des boîtes posées sur un banc et un fauteuil, puis nous a invités à nous installer, avant de s'asseoir lui-même derrière son bureau.

Avec les plus grandes précautions, j'ai extrait l'Énigme Ormond de sa chemise en plastique. Je l'ai posée devant le conservateur qui s'est penché dessus avec ferveur.

– Ah ! Enfin la voilà ! L'Énigme Ormond. Nous la pensions perdue à jamais. Non, je ne rêve pas. Ce document me paraît parfaitement authentique.

Il **a** sorti une loupe d'un tiroir et s'est mis à déchiffrer la calligraphie médiévale.

Lorsqu'il s'est redressé, son visage rayonnait.

– Depuis le jour où, enfant, j'ai entendu parler de la Singularité Ormond, j'ai rêvé de découvrir la vérité à son sujet. Mon grand-père m'en a révélé l'existence, il tenait cette légende de son propre

---

1. Le *Livre de Kells*, évangéliaire du IXᵉ siècle, est l'un des manuscrits enluminés les plus précieux du Moyen Âge.

grand-père, qui lui-même avait grandi à Kilkenny. Une rumeur prétendait qu'un fabuleux secret concernant la famille Ormond était dissimulé dans l'un des châteaux de Black Tom Butler.

– Kilkenny? l'ai-je interrompu en songeant à la propriété de mon grand-oncle Bartholomé à Mount Helicon.

Sans doute cette ville revêtait-elle une importance particulière à ses yeux puisqu'il avait baptisé ainsi son domaine.

J'ai sorti l'une des photos de mon père.

– Est-ce que ces ruines seraient celles d'un château de Kilkenny?

D'un coup d'œil insistant, Boris et Winter m'ont averti de me méfier.

Le Pr Brinsley m'a pris le cliché des mains pour l'examiner.

– Il ne s'agit pas du célèbre château de Kilkenny, a-t-il conclu. Un édifice admirable qui vaut le détour, si vous en avez le temps.

Pour l'instant, je n'avais pas la tête à faire du tourisme.

– J'ignore où cette photo a été prise, a poursuivi Brinsley. Des ruines de ce genre abondent en Irlande.

J'ai soupiré. Il serait donc plus compliqué de localiser cet endroit que nous ne l'avions pensé. Il faudrait déterminer méthodiquement si ces ruines appartenaient à l'un des châteaux de Black

Tom, car il renfermait peut-être le secret de la Singularité Ormond.

Brinsley a étudié le cliché à la loupe.

– Tiens, tiens, que représente cette forme sculptée dans la pierre? Étrange pour l'époque.

J'ai observé l'image. Je distinguais en effet une forme taillée sur le mur d'une tour, sans parvenir à en discerner les détails.

Le Pr Brinsley m'a rendu la photo.

– D'après mon grand-père, la Singularité Ormond donne accès à un trésor et une fortune inimaginables, a-t-il énoncé lentement comme si les paroles de son aïeul lui revenaient en mémoire. Enfin, vous savez combien les légendes enflent au cours des siècles. Qui sait ce qu'il en est réellement?

Un trésor et une fortune inimaginables. Ces mots tourbillonnaient dans ma tête. Ils concordaient avec les propos de mon père. Pas étonnant que tout le monde s'intéresse à la Singularité Ormond!

– Vous croyez qu'un trésor est enterré dans l'un des châteaux de Black Tom? a demandé Boris.

Le conservateur a haussé les épaules.

– Possible. Seulement la Singularité Ormond expire dans quelques jours. Le 31 décembre, à minuit, précisément. Je l'ai découvert en travaillant sur d'anciens titres de propriété et des actes notariés concernant son abrogation. S'il existe bel et bien un trésor, celui-ci reviendra à la Couronne. Qui, toujours selon la rumeur, en serait à l'origine.

– Pardon ? La Singularité Ormond aurait commencé avec la Couronne ? Elle aurait un rapport avec la fameuse reine Elizabeth Ière ?

Je rusais. Brinsley ne devait pas se douter que nous étions déjà au courant.

– En effet, il s'agirait d'une faveur octroyée par la reine Elizabeth à la famille Ormond. Black Tom, le dixième comte d'Ormond, était le vice-régent de la reine dont il protégeait les intérêts contre ses concitoyens irlandais. D'ailleurs, il fut le premier Irlandais à être décoré de l'ordre de la Jarretière[1]. Il la portait toujours sur lui.

– Quel rapport avec un trésor caché ici, en Irlande ? ai-je demandé.

Mon cerveau entrait en ébullition. Un trésor en Irlande... Soudain ces mots prenaient un sens.

Je me suis tourné vers mes amis.

– Jennifer Smith m'a raconté que mon père avait réclamé un exemplaire de *L'Île au trésor* de Robert Louis Stevenson, avant de le jeter par terre. Il ne voulait pas *lire* ce livre, mais indiquer qu'un trésor était caché dans une île : l'Irlande !

– Ainsi votre père connaissait l'existence de ce trésor ? s'est étonné Brinsley en fronçant les sourcils. Que vous a-t-il confié d'autre ?

Aussitôt, j'ai réalisé que j'en avais trop dit.

– Rien. Il était tellement malade, à l'époque, qu'il devait délirer.

---

1. Ordre de chevalerie britannique (titre honorifique).

– C'est fort probable, a renchéri Boris. Le père de Cal a succombé à un virus cérébral inconnu. Il était incohérent.

Le Pr Brinsley ne semblait pas dupe. Il avait compris que nous cachions une partie de notre jeu. Il a reporté son attention sur l'Énigme et son bord inférieur.

– Sacrilège! Découper un tel parchemin!

– À propos, que savez-vous sur les deux derniers vers?

– Chaque chose en son temps, jeune homme. Le Joyau Ormond est-il également entre vos mains?

Boris m'a balancé un coup de pied dans la cheville.

– Non! Il est à l'abri dans un coffre-fort, s'est empressée de répondre Winter.

– Je suis curieux d'apprendre comment vous vous l'êtes procuré. D'après mon grand-père, ce bijou avait été perdu voilà bien longtemps. À l'en croire, un lien unissait l'Énigme et le Joyau Ormond.

– Ma famille l'a acquis récemment, me suis-je contenté d'expliquer, me gardant bien de révéler que mon père l'avait acheté en Irlande.

Le Pr Brinsley m'a fixé comme s'il attendait que je lui livre d'autres informations.

– Ce Joyau Ormond... vous pourriez me le décrire?

Boris a sorti quatre photos tout en me jetant un coup d'œil interrogateur. J'ai acquiescé. Il les a remises entre les mains avides du conservateur.

Sur la première, on voyait le Joyau fermé. Sur la deuxième, il était ouvert et dévoilait le portrait de la future reine Elizabeth Ière. La troisième montrait le dos du bijou orné de la rose et du bouton de rose. Enfin, la quatrième offrait un gros plan de l'inscription en moyen français.

Après avoir longuement étudié les clichés en marmonnant, le Pr Brinsley s'est redressé avec un grand sourire.

– Je dois avouer que cela est proprement incroyable. En général, ces pièces antiques et précieuses resurgissent un beau jour, au bout de quelques siècles, parce que des familles de vieille noblesse confrontées à des difficultés financières doivent se résoudre à les vendre. Si bien que leur origine et leur importance ont été oubliées depuis longtemps. À mon avis, ce joyau-ci est apparu assez récemment sur le marché.

Le conservateur paraissait très excité.

– Je commence à entrevoir ce que peut être la Singularité Ormond. Attention, ce n'est qu'une supposition – une supposition éclairée. Quoi qu'il en soit, je possède, chez moi, quelque chose que vous devriez examiner.

Il a sorti un mouchoir de sa poche, s'est essuyé le front, puis penché à nouveau sur le bureau pour prendre, dans un tiroir, un document rédigé en latin sur lequel était inscrite une date : 1575.

– Regardez ceci. Il s'agit du certificat de mariage de Piers Duiske Ormond, l'un des fils illégitimes de Black Tom. Ce mariage a été contracté dans le plus grand secret en l'Abbaye de Duiske, à Graignamanagh, G'managh si vous préférez.

Je me suis tourné vers Boris qui m'a adressé un clin d'œil. Il avait lui aussi reconnu l'un des noms du calque !

– Piers Duiske Ormond, a poursuivi Brinsley, s'y est uni à une jeune fille du nom d'Anne Desmond, avant de se marier plus tard avec celle qui deviendrait son épouse légitime et la mère de son fils Édouard.

Je m'embrouillais la tête avec tous ces noms.

– Bref, passons, a-t-il ajouté comme s'il lisait dans mes pensées. C'est cet acte de mariage secret qui importe. D'autant que Black Tom a survécu à ses héritiers légitimes.

– Pardonnez-moi, Pr Brinsley, mais je ne saisis pas le rapport avec l'Énigme et le Joyau Ormond.

– Patience, j'y viens.

Il a marqué une pause, le temps de boire une gorgée d'eau.

– Quelqu'un avait caché ce certificat de mariage dans l'un des livres anciens que nous avons rapportés de l'Abbaye Noire. Cela remonte à quelques années.

Mon ancêtre Piers Ormond s'était rendu à l'Abbaye Noire. Avait-il dissimulé cet acte de mariage après l'avoir recopié ?

– Tenez, a repris le conservateur. Ici, vous avez le nom du père de Piers Duiske Ormond : Black Tom Butler, dixième comte d'Ormond. Et là où devrait être inscrit le nom de sa mère...

Il a ajusté ses lunettes et s'est raclé la gorge :

– ... *Magna domina incognita.*

– Une grande dame inconnue, a traduit Boris.

– Bravo, jeune homme. Vous maîtrisez bien le latin.

– Mais je ne vois toujours pas le rapport, ai-je insisté.

– Moi, si ! Voilà des années que j'étudie la Singularité Ormond. J'ai recueilli certaines informations précieuses. Et maintenant, après avoir examiné les photos du Joyau, notamment l'inscription... je suis en mesure de procéder à certains rapprochements.

Brusquement, il a relevé la tête et jeté un œil méfiant autour de lui.

– Cet endroit n'est pas assez sûr pour ce genre de discussion. Toute cette affaire pourrait se révéler dangereuse.

– Oh, pour être dangereuse, elle l'est, ai-je affirmé en songeant au nombre incalculable de fois où j'avais frôlé la mort.

Le Pr Brinsley nous a fait signe d'approcher.

— Venez chez moi demain soir, a-t-il chuchoté. Je souhaite vous montrer un dessin de mon grand-père. À présent que j'ai vu le Joyau, mon instinct me souffle que ce croquis possède une importance capitale. Et je vous confierai les hypothèses que je fais.

J'étais venu à Dublin dans le but d'obtenir des réponses et mon temps était compté. J'ai décidé de l'interroger sans attendre.

— Dites-nous ce que vous savez sur les deux derniers vers de l'Énigme Ormond.

— Ah, oui. J'oubliais. On pense que ces deux vers auraient été composés par Black Tom lui-même, a précisé Brinsley.

J'étais impatient de les lire, puis de leur appliquer le chiffre de César. J'étais convaincu qu'ils nous révéleraient le secret de la Singularité Ormond.

— Alors, vous les avez ou non? l'a pressé Winter.

— Pas exactement. Cependant je crois qu'ils se trouvent dans un livre ancien : *La Vie des Saints* de Sir James Butler.

— L'ouvrage est ici? a demandé Boris en désignant les milliers de livres alignés sur les étagères, de chaque côté de l'immense nef.

— Je crains que cela ne soit un peu plus compliqué, a répondu Brinsley. Comme je l'ai expliqué à votre ami qui m'a téléphoné hier soir…

— Quel ami? l'ai-je interrompu. Aucun de mes amis ne vous a appelé hier soir!

J'ai senti un frisson glacé remonter le long de ma colonne vertébrale.

— Cet individu semblait au courant de tout, a répliqué le Pr Brinsley. Il m'a annoncé qu'il était en Irlande pour vous aider dans vos recherches sur la Singularité Ormond. Son nom de famille est très courant en Irlande. Il s'agit d'un nom de lieu.

Cette révélation me paralysait soudain.

— Un certain monsieur « Bones » ? me suis-je enquis, incrédule.

— Bones ? Non, pas du tout. Il s'appelle Vulkan Sligo. Le comté de Sligo se situe dans la province de Connacht, sur la côte ouest.

Derrière moi, Winter s'est raidie de peur.

Vulkan Sligo était en Irlande !

— Qu'est-ce que vous lui avez raconté ? ai-je demandé en bondissant de mon siège.

Boris et Winter s'étaient levés, prêts à fuir.

Le Pr Brinsley a soudain semblé confus et préoccupé.

— Juste que j'allais vous rencontrer aujourd'hui.

— Vous lui avez révélé qu'on viendrait ici ?! s'est écriée Winter. Et quoi d'autre ?

— Que vous m'apportiez le texte de l'Énigme Ormond. J'ai eu l'impression qu'il était déjà au courant, je suis désolé.

— C'est un criminel, a repris Winter. Il cherche à nous tuer ! Partons tout de suite, Sligo est peut-être caché quelque part ici !

Affolée, elle lançait des regards angoissés autour d'elle.

Boris, les yeux agrandis par la panique, s'est penché par-dessus la balustrade, à l'affût de Sligo ou de l'un de ses sbires.

– OK, on décampe, ai-je approuvé.

Avant de déguerpir, j'ai tenu à prévenir le conservateur :

– Pr Brinsley, je ne souhaite pas vous effrayer, cependant il est possible que vous courriez un grand danger vous aussi. Vulkan Sligo a plusieurs fois tenté de m'écarter de son chemin...

– De t'assassiner, a rectifié Winter, livide.

Puis, s'adressant au Pr Brinsley, elle a ajouté :

– Il veut à tout prix s'emparer de la Singularité Ormond.

Le conservateur de livres rares nous a observés avec circonspection.

– J'ai promis de vous aider pour les deux derniers vers de l'Énigme Ormond, je tiendrai parole.

Il a saisi un stylo pour griffonner une adresse au dos d'une enveloppe.

– Voici mes coordonnées. Demain soir, je terminerai vers 20 heures. Venez chez moi à 21 heures. Passez par la porte de derrière.

Le conservateur a ramassé l'Énigme Ormond que, dans ma panique, j'avais lâchée. Une expression singulière, que j'ai prise pour de la convoitise, a assombri son visage.

J'ai tendu la main vers lui et j'ai déclaré sur un ton apparemment désinvolte :

– Ah, merci ! Je suis distrait.

Il m'a adressé un sourire.

– Vous pourriez me confier l'Énigme jusqu'à demain soir...

Boris a fait un pas en avant.

– Pas question ! a-t-il crié en la lui arrachant.

Sur ce, nous nous sommes enfuis à toutes jambes, empruntant le même chemin qu'à l'aller au milieu des montagnes de livres, jusqu'à ce que nous débouchions dans la cour glaciale.

Dans les rues de Dublin

12:13

Les mains enfouies au fond de mes poches, regrettant de ne pas avoir une écharpe comme celle de Winter, j'arpentais nerveusement les allées du parc Saint Stephen en compagnie de mes amis. Les arbres dénudés dressaient leurs branches noires vers le ciel blanc, tandis que les canards paraissaient aussi frigorifiés que nous sur leur étang gelé.

Nous étions furieux et contrariés. Le vague sentiment de bien-être éprouvé à notre arrivée n'avait pas duré. Ma situation était aussi inconfortable qu'en Australie. Le temps filait à toute vitesse et je me retrouvais de nouveau pourchassé.

Quand j'ai ouvert la bouche pour partager mes impressions, mon souffle a formé un nuage de buée.

— Le Pr Brinsley ne mesure pas le danger qui entoure la Singularité Ormond. Il n'a pas pris mon avertissement au sérieux.

Cependant autre chose me minait.

— On a échappé à Sligo aujourd'hui, mais demain soir, il nous attendra peut-être chez le conservateur...

— Il faut se préparer à cette éventualité, a répliqué Boris. Mais ça vaut la peine de courir le risque.

— Et si Brinsley avait l'intention de s'approprier l'Énigme Ormond ? a suggéré Winter. Vous avez vu son visage pendant qu'il l'examinait ? Il a essayé de la garder.

— Oui, a confirmé Boris. La soirée de demain promet d'être intéressante...

16:05

Nous avons occupé le reste de la journée à visiter Dublin en touristes, malgré le malaise créé par la présence de Sligo en ville. Winter est tombée amoureuse des chevaux marins en fer forgé qui ornent les réverbères, avec leurs encolures magnifiques et leurs corps musclés terminés par des queues de sirène.

Mais chaque voiture roulant sur les pavés nous faisait sursauter. Afin de déjouer toute filature, nous n'avons cessé de tourner sans crier gare dans une rue, revenir sur nos pas, bifurquer encore.

Winter redoutait que Sligo ne la retrouve. Elle avait pris la précaution de s'inscrire sous son faux nom sur le registre de l'hôtel. Nous espérions que ce stratagème suffirait à préserver sa sécurité. Pour l'instant.

27 décembre
J –5

Parnell Square

20:35

___

Nous avons repéré l'adresse fournie par Brinsley : Parnell Square, au nord de la Liffey. Le conservateur habitait une maison mitoyenne. Une volée de marches conduisait à une porte d'entrée rouge dont le heurtoir en cuivre, décoré d'une couronne de houx, étincelait à la lumière des réverbères.

Après un dernier coup d'œil aux alentours, j'étais sûr que nous étions seuls sur place.

J'ai appelé Nelson Sharkey. La veille au soir, je lui avais déjà téléphoné pour l'informer de notre rendez-vous.

– Sharkey à l'appareil, a-t-il répondu.

J'entendais rire et parler derrière lui.

– On s'apprête à entrer chez Brinsley. Si les choses tournent mal, vous avez son adresse. J'essayerai de vous biper.

– OK. Mais n'oubliez pas que je suis à plusieurs heures de route de Dublin. Restez sur vos gardes. Tu es sûr qu'on ne vous a pas suivis ?

– Pratiquement certain.

– Vous avez fait le tour du pâté de maisons ? Vérifié que personne ne surveillait l'endroit ?

– Oui.

– Aucune trace de Sligo ?

– Non. Je vous recontacterai plus tard.

J'ai coupé la communication puis je suis revenu vers mes amis.

– On y va.

Nous avons contourné la maison et franchi le portillon avant de frapper à la porte de derrière. Au bout d'une minute ou deux, n'obtenant pas de réponse, j'ai appelé :

– Pr Brinsley ?

Le battant n'était pas verrouillé. Une légère poussée a suffi à l'ouvrir. Nous avons pénétré dans un vestibule au sol en marbre noir et blanc sur lequel donnaient plusieurs portes massives, toutes fermées. Un escalier menait au premier étage.

– Pr Brinsley ? ai-je répété.

– Je n'aime pas ça, a grommelé Boris.

J'ai senti Winter frissonner à côté de moi.

– Moi non plus, j'ai un mauvais pressentiment. Il était censé nous accueillir. Pr Brinsley, vous êtes là ?

Elle a murmuré :

– Pourquoi il ne répond pas ?

Sur ma gauche, une imposante cheminée était équipée de lourds accessoires suspendus à une barre. J'ai ramassé un tisonnier. Boris et Winter m'ont imité. Mieux valait nous tenir prêts à toute éventualité.

Sans bruit, nous avons traversé le vestibule en direction d'une lumière qui filtrait sous une porte, au bout d'un couloir derrière l'escalier.

De cette pièce éclairée nous parvenait une musique douce. Après tout, le Pr Brinsley ne nous avait peut-être pas entendus.

Je devenais franchement paranoïaque. J'ai frappé.

– Pr Brinsley ? C'est Cal. Je suis avec mes amis.

Aucune réponse.

– Attendez-moi ici, ai-je chuchoté.

J'ai écarté le battant avec mon épaule.

Un feu brûlait dans une cheminée d'angle. J'ai jeté un coup d'œil consterné autour de moi. Des livres et des papiers étaient éparpillés en vrac dans tous les coins. Les portes vitrées d'une haute bibliothèque pendaient à moitié sur leurs charnières. La surface d'un bureau avait été débarrassée sans aucun ménagement : stylos et trombones jonchaient le sol. Quelqu'un avait mis la pièce à sac.

Je commençais à redouter le pire pour le Pr Brinsley.

– Ça alors ! s'est exclamé Boris en entrant derrière moi, suivi de Winter. Quel saccage !

Soudain Winter a poussé un cri. Je me suis tourné vers elle. Le visage blême, les lèvres tremblantes, elle pointait un doigt vers le tapis.

J'ai vu ce qu'elle venait de découvrir, à moitié enfoui sous une série de vieux volumes reliés en cuir...

Un bras.

Les lunettes demi-lune du conservateur gisaient devant l'âtre de la cheminée, leurs branches dorées toutes tordues.

Une tache rouge sombre se mélangeait aux ramages du tapis, à côté du corps. Inutile d'être médecin légiste pour comprendre que Brinsley avait succombé à une agression violente.

Winter est tombée à genoux puis a entrepris de dégager les débris, livres et papiers qui recouvraient le cadavre.

– Il est mort ! s'est-elle écriée. Sligo l'a tué ! Il a assassiné le pauvre Pr Brinsley !

Boris s'est penché sur elle pour la tirer en arrière.

– Ne touche à rien. Il faut partir tout de suite.

– Et la police ? a-t-elle bégayé.

– On la préviendra plus tard. Sligo est peut-être encore dans les parages. On ne peut pas rester ici !

Je me suis apprêté à rebrousser chemin, mais au moment où j'allais poser le pied à côté de la main crispée du conservateur, mon regard a été attiré par un papier, sous le bureau. Et des mots familiers m'ont sauté aux yeux : *TOSJORS CELER.*

Je me suis agenouillé pour ramasser le feuillet. C'était un vieux dessin au crayon, taché, jauni par le temps. Il représentait des murs en ruine, des cheminées écroulées, des fenêtres vides envahies de lierre, des amas de pierres. Peut-être s'agissait-il du document que le Pr Brinsley souhaitait nous montrer.

– Dépêche-toi, mec, on doit alerter la Garda, a lancé Boris.

J'ai arraché mon bonnet de laine pour m'en envelopper la main et essuyer le bouton de porte sur lequel j'avais laissé mes empreintes digitales. Un brusque courant d'air en provenance du vestibule a alors soulevé les pages de plusieurs ouvrages jetés à terre.

De l'un d'eux s'est échappé un mince opuscule qui a voleté comme un avion de papier avant d'atterrir devant mes pieds.

C'était le catalogue d'une vente aux enchères de livres d'occasion. En parcourant la liste des volumes sélectionnés, je me suis arrêté sur un titre : *La Vie des Saints* de Sir James Butler.

– Regardez ! Le livre dont parlait le Pr Brinsley.
Il savait qu'il allait passer en salle des ventes !

– Pas le temps, Cal, m'a pressé Boris en me
tirant hors de la pièce. On lira ça plus tard.

J'ai empoché le catalogue et je l'ai suivi.

En état de choc, nous avons émergé sur Parnell
Square que nous avons quitté à toute allure en
direction du sud. Nous avons fait une brève halte
pour appeler la police d'un téléphone public situé
dans l'entrée d'un restaurant très fréquenté.

– Passe-moi l'appareil, m'a ordonné Winter. Je
m'en charge.

Prenant un accent irlandais très convaincant,
elle a annoncé qu'un homme venait d'être assassiné à Parnell Square.

Une fois l'adresse précisée, elle a raccroché.

Ensuite, nous avons couru nous réfugier dans
un café proche de notre hôtel. Là, nous nous
sommes blottis dans un recoin désert, en cher-
chant à reprendre nos esprits.

Winter tremblait. Pas seulement de froid.

Boris, lui, claquait des dents.

– Pauvre homme, a murmuré Winter. Dire
qu'hier encore, on discutait avec lui. Je n'arrive
pas à le croire. Il n'avait rien fait de mal.

Elle avait raison. J'étais atterré. La Singularité
Ormond semblait semer la mort sur son passage.

– Jetez donc un coup d'œil à ce dessin, ai-je proposé afin d'alléger l'atmosphère.

– T'es pas fou, mec ? s'est récrié Boris. Prélever un document sur la scène d'un crime. Et si on t'accusait de complicité ? J'imagine déjà les gros titres : « L'ado-psycho frappe en Irlande ».

Winter fixait le croquis, les yeux vides de toute expression.

– Vous avez vu ? ai-je repris. C'est la phrase gravée à l'intérieur du Joyau Ormond !

Le tracé avait beau être décoloré, les lettres presque effacées et la pièce représentée à moitié effondrée, je distinguais sur un mur les mots qui m'avaient hypnotisé : AMOR ET SUEVRE TOSJORS CELER.

– Tu as raison, a confirmé Winter.

– Ce qui expliquerait la réaction enthousiaste du Pr Brinsley lorsqu'il a étudié les photos du Joyau. Il a reconnu la devise et établi le lien avec cet édifice – quel qu'il soit et où qu'il se trouve. On ignore quel bâtiment représente ce dessin, mais en tout cas, celui qui a tué le conservateur et saccagé son bureau est passé à côté.

– Je suis persuadée que c'est l'œuvre de Sligo, a déclaré Winter. Il cherchait sans doute le livre mentionné par Brinsley, *La Vie des Saints*.

J'ai tiré de ma poche le catalogue découvert chez le conservateur.

– Cet ouvrage est inscrit à une vente de livres anciens qui se tiendra dans deux jours à Kilkenny. À l'Abbaye Noire. Il faut l'acheter avant de nous faire doubler par nos ennemis. Le manoir Clonmel attendra.

– Tu n'y penses pas, mec ! a protesté Boris. Ce bouquin est une antiquité. Il doit coûter les yeux de la tête.

– Alors on sera obligés de le voler, a conclu Winter.

– Sauf si les deux derniers vers de l'Énigme y ont été glissés ou annotés, ai-je remarqué. Il suffira de les recopier sans emporter le livre.

– Je ne comprends pas, a ajouté lentement Winter. Si les deux derniers vers de l'Énigme Ormond sont dans cet ouvrage, quelqu'un aurait déjà dû les trouver.

– J'espère que non, ai-je soupiré. Car c'est notre seule piste…

28 décembre
J –4

08:00

Le jour se levait à peine lorsque nous avons quitté le Temple Hotel. Le temps nous était compté et nous avions hâte de laisser derrière nous les terribles souvenirs de notre rencontre avec le Pr Brinsley.

À la gare routière, nous avons acheté trois billets pour Kilkenny.

Informé de nos mésaventures et de notre départ mais toujours retenu par ses obligations familiales, Sharkey nous rejoindrait plus tard.

CONSPIRATION 365

Bed & Breakfast Waterford
Kilkenny

11:18

— Nous brûlons d'impatience de voir l'Abbaye Noire, a déclaré Winter à Mrs O'Leary, notre hôtesse. Il paraît qu'une importante vente de livres anciens doit s'y tenir bientôt.

— Oui, oui, comme tous les ans, a répondu Mrs O'Leary sur un ton enjoué. Les collectionneurs de tout le pays viennent y dénicher des raretés à des prix intéressants.

Nous lui avons demandé la direction du château et, une fois bien emmitouflés, nous nous sommes mis en chemin.

Château de Kilkenny

14:01

Si le site devait être majestueux et superbe en été, la bruine ininterrompue et la grisaille ne le rendaient pas très accueillant en plein hiver.

Après avoir flâné quelques minutes sans but précis, je me suis assis sur un muret bas en briques.

— Qu'est-ce qui t'arrive ? s'est inquiétée Winter.

– À mon avis, nous perdons notre temps. On ne trouvera rien ici. Rentrons plutôt au Waterford. Ce soir, on ira en reconnaissance à l'Abbaye Noire, histoire de glaner des informations sur la vente de demain. Je n'ai pas envie que quelqu'un mette la main sur *La Vie des Saints* avant nous.

– Tu as sans doute raison, a approuvé Winter.

– Alors en route ! s'est exclamé Boris.

L'Abbaye Noire

20:14

Tout en gravissant d'un pas rapide la colline qui menait à l'Abbaye Noire, dans la nuit sombre et glaciale, j'étais inquiet. Notre expédition risquait fort de se solder par un échec. Nous fondions nos espoirs sur les simples hypothèses du Pr Brinsley, selon lequel les deux derniers vers de l'Énigme Ormond étaient dissimulés à l'intérieur de ce mystérieux livre.

Et je ne comprenais pas pourquoi Sligo avait assassiné le Pr Theophile Brinsley. Était-ce par frustration, lorsqu'il avait découvert que le conservateur ne possédait pas ces fameux vers ? Ou parce que Brinsley refusait de lui révéler où ils étaient ? Et si au contraire il le lui avait confié ?

Dans ce cas, Sligo rôdait peut-être déjà à Kilkenny. Instinctivement, j'ai scruté les alentours. Je n'ai rien distingué dans l'épaisse obscurité qui nous entourait.

La masse de l'abbaye a soudain surgi devant nous. C'était un bâtiment bas, avec une tour carrée dont les tourelles se détachaient à peine contre le ciel de la nuit. En atteignant le mur d'enceinte en pierre, j'ai retenu mes amis.

– Attendez, il y a quelqu'un. Vous voyez le fourgon là-bas ?

– Allons jeter un œil, a proposé Boris. Je me demandais justement si Sligo nous aurait devancés.

– Moi aussi.

– Et moi, donc, a complété Winter.

Elle a agrippé mon bras puis nous nous sommes remis en marche, en tâchant de rester invisibles.

Les phares allumés du fourgon éclairaient la porte d'une dépendance que j'avais tout d'abord prise pour une aile de l'abbaye.

Deux hommes s'y sont engouffrés.

– Qu'est-ce qu'ils fabriquent ? a interrogé Winter.

– Ils déchargent des cartons, a chuchoté Boris.

– Des livres sans doute, ai-je suggéré. Pour la vente de demain.

Je me suis muni de ma lampe torche. Nous devions saisir cette occasion inespérée de nous glisser à l'intérieur du bâtiment.

Courant sous la bruine, nous avons dépassé le fourgon vide.

Sans bruit, nous sommes entrés. Du bout du couloir a alors retenti l'écho de pas et de voix.

– Vite! Ils reviennent! ai-je sifflé.

J'ai ouvert la porte la plus proche, pour la refermer aussitôt derrière nous. L'oreille collée au battant, j'ai écouté. Les deux hommes sont passés devant notre cachette en direction de la sortie.

Quelques minutes plus tard, le fourgon a démarré.

– Bon, ai-je soupiré en tournant lentement la poignée. On est seuls. À nous de jouer.

À la lumière de nos lampes torches, nous avons gagné l'extrémité du couloir qui débouchait, à gauche sur une pièce fermée, à droite sur un escalier. La porte n'était pas verrouillée. Elle donnait sur une salle où étaient dressées trois longues tables à tréteaux recouvertes de nappes et surchargées de livres.

J'ai senti les battements de mon cœur s'accélérer tandis que Winter et Boris se précipitaient sur les volumes. Je me suis joint à eux. Au milieu de ces piles d'ouvrages anciens se trouvait sans doute celui qui renfermait les deux derniers vers de l'Énigme. La réponse au mystère de la Singularité Ormond était enfin à notre portée!

– OK, les amis, a déclaré Boris. Je me charge de cette table. Toi, Winter, tu t'occupes de celle-ci. Et toi, Cal, de celle du milieu.

L'odeur de moisi des vieux livres m'a empli les narines.

Au bout d'une demi-heure, j'avais examiné tous ceux de ma table – certains en latin, reliés en cuir avec des pages de garde en papier marbré ; d'autres en gaélique, aux titres dorés à moitié effacés.

– Rien ! Je les ai tous vérifiés, ai-je annoncé. Et vous ?

– Idem, ont répondu Boris et Winter en chœur, très déçus.

J'ai juré de dépit. Que faire à présent ? Et si Sligo l'avait déjà dérobé ? Tout à coup, des bruits de pas ont résonné dans le couloir.

– Vite, éteignez vos lampes et cachez-vous ! ai-je ordonné à mes amis.

Nous nous sommes précipités sous la table la plus éloignée de l'entrée et serrés les uns contre les autres dans le noir, en espérant que la nappe nous dissimulait entièrement.

Les pas se rapprochaient. La poignée de la porte a grincé. Quelqu'un est entré. Je me suis arrêté de respirer.

Un faisceau lumineux a balayé la pièce, d'abord le sol, puis les tables. En m'aplatissant contre le mur, j'ai heurté un carton. Du dessus a glissé un volume peu épais que j'ai rattrapé de justesse. J'ai été saisi de vertige. Incroyable ! J'avais sous le nez le livre que nous cherchions ! Je me suis mordu la langue pour retenir un cri.

Ayant constaté que tout était en ordre, le visiteur, peut-être un gardien, a regagné le couloir en tirant la porte derrière lui.

Avec un énorme soupir de soulagement, j'ai dirigé le rayon de ma lampe torche sur l'ouvrage afin de le montrer à mes amis.

– *La Vie des Saints* ! Tu l'as trouvé ! s'est exclamé Boris d'une voix étouffée.

– Génial ! a renchéri Winter tout en époussetant la couverture. Inutile de moisir ici plus longtemps.

Une fois dehors, nous avons couru à perdre haleine jusqu'au Waterford.

Bed & Breakfast Waterford
Kilkenny

22:01

Sans attendre une seconde, j'ai ouvert *La Vie des Saints* de James Butler. Derrière moi, Winter et Boris étaient complètement survoltés. Les mains tremblantes, je me suis mis à feuilleter les pages épaisses couvertes de gros caractères.

Très vite, mon excitation est retombée.

– Il n'y a rien ! Rien du tout ! ai-je crié. Juste un tissu d'inepties sur des vieux saints !

De rage, j'ai laissé tomber le livre par terre.

– Patience, Cal, m'a reproché Winter en ramassant le volume. Les vers ont pu être écrits dans une marge, par exemple. Laisse-moi voir.

Elle s'est installée sur le lit et a entrepris d'examiner chaque page méthodiquement. Elle suivait du doigt les marges avant de passer à la suivante.

– Jamais on ne saura la vérité dans les délais ! Et moi qui m'étais cru sur la bonne piste…

Winter a tourné vers moi ses yeux charbonneux.

– Garde confiance, Cal, je suis certaine que les pièces du puzzle finiront par s'assembler. Il faut continuer à chercher.

Le vent s'était levé. Une pluie battante frappait les vitres. Je suis allé fermer les rideaux. Avant de les tirer, j'ai jeté un œil au-dehors, par la fenêtre, et éprouvé la désagréable sensation qu'on nous épiait.

Winter a finalement refermé l'ouvrage. Elle n'avait rien trouvé.

– Toujours aussi certaine que nous résoudrons l'énigme ? lui ai-je demandé, amer.

Elle s'est contentée de me lancer un regard impassible.

– À mon tour, a décrété Boris.

Sa loupe à la main, il s'est plongé dans l'étude minutieuse des pages.

Il a même scruté le dos craquelé du vieux volume.

DÉCEMBRE

En vain.

Nous nous sommes dévisagés en silence. Nous n'avions ni l'énergie ni l'envie de prononcer un mot de plus. Chacun a souhaité aux autres bonne nuit puis a regagné son lit.

29 décembre
J –3

10:16

— Je dois encore survivre à deux repas de famille avant de vous rejoindre, a plaisanté Nelson au téléphone. Franchement, je commence à avoir une indigestion de Sharkey! Quels fichus bavards. Le meurtre du Pr Brinsley a fait sensation ici. Tout le monde ne parle que de ça. La Garda n'a aucune piste pour l'instant.

— Pour une fois, les flics ne m'ont pas dans leur collimateur, ai-je déclaré.

Même si mes amis et moi avions évité le sujet, la mort du conservateur planait au-dessus de nous comme un nuage noir.

— Vous avez donc examiné tout le livre sans rien trouver? Même dans les marges?

– On a passé chaque page au crible, chacun à notre tour. Si les deux derniers vers de l'Énigme Ormond ont figuré un jour dans cet ouvrage, ils n'y sont plus.

Sharkey a grogné.

– Quelle perte de temps. Bon, il faut que je te laisse, mais soyez très prudents tous les trois. Je reviens dès que possible. Prévenez-moi si vous bougez, OK?

– Justement, nous quittons Kilkenny pour Carrick-on-Suir cet après-midi. Nous allons au manoir Clonmel, où mon père a séjourné l'année dernière.

– Bonne idée. Restez sur vos gardes. Je serai bientôt à vos côtés.

Carrick-on-Suir

14:21

Un car nous a conduits à Carrick-on-Suir. Le temps était toujours aussi gris et froid. Tout en descendant les rues pavées de la petite ville avec mes deux amis, je ressentais un mélange d'émotions : de la tristesse, car c'était ici que mon père était tombé malade, et de l'excitation, car je foulais le sol sur lequel il avait marché. Ses dessins, que je portais toujours sur moi, m'avaient lancé depuis presque un an sur ses traces. Je n'avais plus que trois jours pour percer le mystère de sa découverte.

– Regardez ! s'est écriée Winter en désignant une tour délabrée qui se dressait au loin au-dessus d'un long mur de pierres grises. C'est peut-être l'un des châteaux de Black Tom.

J'ai vérifié sur le plan déniché à la gare routière.

– Exact. Le château Ormond. Avant d'aller le voir, il faut localiser l'hôtel. Il devrait se trouver dans cette direction.

Je leur ai indiqué une rue étroite.

Le manoir Clonmel se situait au bout d'une rangée de maisons dont l'arrière donnait sur la rivière. J'apercevais son enseigne en forme de saumon qui se balançait dans le vent.

Manoir Clonmel

15:20

La propriété, peinte en bleu et blanc, comportait un étage et possédait un petit jardin d'hiver.

Au moment d'ouvrir le portail, j'ai stoppé net.

Derrière moi, Winter a étouffé une exclamation et Boris a juré entre ses dents.

Inscrit dans un ovale émaillé fixé sur une volute en fer forgé de la grille, un chiffre nous crevait les yeux : le chiffre 5, comme sur le croquis de mon père !

– Tu as vu ? m'a soufflé Winter. Je t'avais dit qu'on touchait au but !

Désormais, le dessin prenait un sens. Mon père souhaitait attirer mon attention sur ce manoir. J'ai senti une vague d'énergie nouvelle m'envahir.

J'ai poussé la grille et remonté en quelques enjambées le sentier qui menait à une porte rouge vif. Au-dessus, une plaque de cuivre indiquait : Manoir Clonmel – Mrs Fitzgerald, propriétaire.

J'ai frappé. Une femme blonde aux joues roses nous a reçus avec un sourire chaleureux.

– J'ai beaucoup de chambres libres en cette saison, a-t-elle précisé. Mais d'abord, je suis sûre qu'une bonne tasse de thé accompagnée de délicieux scones tièdes vous ferait le plus grand bien. Entrez vite, il fait trop froid pour rester dehors.

Nous l'avons suivie avec enthousiasme dans son intérieur confortable, un salon meublé de fauteuils accueillants rouge foncé, regroupés autour d'une cheminée où flambait un feu de bois. De vieilles photos sépia montraient des chevaux halant des barges le long de la rivière.

Je me suis présenté sous le nom de Matt Marlowe, accompagné de ses amis Grace et Josh.

– L'hiver n'est pas la période de l'année la plus favorable pour visiter la région, a repris Mrs Fitzgerald. Vous ne profiterez pas de Carrick-on-Suir sous son meilleur jour. N'empêche qu'on ne s'ennuie jamais. On dispose de deux *cots* pour nos hôtes.

Boris a levé les sourcils.

– C'est le nom des fameuses barques de pêche de Carrick, a expliqué Mrs Fitzgerald.

La propriétaire du manoir Clonmel était un véritable moulin à paroles. Elle savait tout sur le château Ormond que Black Tom avait fait construire à l'extérieur de la ville. Ce site célèbre attirait de très nombreux visiteurs.

– Un superbe exemple de manoir élisabéthain. À ce qu'il paraît, les ruines de l'un des plus anciens châteaux de Black Tom vont être transportées aux États-Unis par bateau, pierre par pierre. La demeure sera rebâtie dans le Kentucky. Ah, ces Américains...

Elle a écarté un pan de rideau pour nous offrir un aperçu de l'arrière de sa propriété. Un jardin peu profond, cerné d'une clôture, donnait sur un sentier assez large pour le passage de deux chevaux, en bordure de la Suir. Plusieurs petites barques couchées sur le flanc dans la vase attendaient au sec. Dans un enclos, sur la rive opposée, à peine visibles dans la brume glacée, deux chevaux se tenaient près de la barrière.

Mrs Fitzgerald a remarqué que je les observais.

– Vous aimez les chevaux ? Vous pouvez les louer si vous avez envie de les monter. Ils appartiennent aux gens du voyage, des gitans.

– C'est gentil, seulement je ne suis pas vraiment en vacances, ai-je dit en me détournant de la fenêtre.

J'avais besoin d'obtenir des renseignements. Pour y parvenir, je devais lui révéler qui j'étais. Ou presque.

– Mon oncle, Tom Ormond, a séjourné chez vous l'année dernière. Jusqu'à ce qu'il tombe malade.

Le sourire lumineux de Mrs Fitzgerald s'est effacé.

– Dieu ait son âme. J'ai été désolée d'apprendre la gravité de son état... puis son décès, a-t-elle déclaré d'un ton solennel. Réunir ses affaires a été une épreuve terrible. C'était un homme si charmant. Vous êtes venus en pèlerinage en quelque sorte ?

– Oui, je souhaiterais voir sa chambre. Nous étions très proches. Il me manque beaucoup.

– Naturellement. Je comprends. Vous la trouverez telle qu'elle était pendant son séjour. Je n'ai pas osé la relouer, a-t-elle avoué un peu gênée. Suivez-moi.

Elle a pris une clé sur la table de l'entrée.

Arrivée au bout d'un couloir, elle a ouvert une porte, puis s'est reculée pour nous laisser entrer les premiers. La pièce était peinte en blanc. À droite, un vase de roses jaunes en papier décorait l'alcôve devant la baie vitrée. À côté, un petit évier, une plaque chauffante et une bouilloire électrique offraient les commodités d'une kitchenette.

– Votre oncle préparait ses repas ici, a précisé Mrs Fitzgerald.

– Oncle Tom ? me suis-je étonné. Étrange. Ma tante lui interdisait d'approcher des fourneaux chez lui – il était une vraie catastrophe ! Elle avait l'habitude de...

Je me suis interrompu. Trop de souvenirs remontaient à la surface. J'ai senti le léger contact des doigts de Winter sur le dos de ma main.

– Il faisait toujours tout brûler, ai-je repris.

– Il n'avait fait aucun progrès, a gloussé Mrs Fitzgerald. Un soir, je l'ai surpris en train de se concocter une soupe abominable.

Elle a plissé le nez de dégoût.

– Un mélange de fines herbes et de légumes beaucoup trop cuits qui s'était transformé en bouillie.

J'ai souri, m'efforçant d'imaginer la scène.

– En lui apportant son linge propre, j'ai aperçu cette mixture par-dessus son épaule. Quelle horreur ! L'évier était plein d'épluchures de légumes, d'herbes... Il y avait même des fougères. Il ne m'avait pas prévenue qu'il dînait à la maison ce soir-là. Sinon, je lui aurais mitonné une spécialité locale. Le persil, la coriandre et le basilic, d'accord, mais des fougères ? Je vous demande un peu !

Je me suis avancé dans la pièce. Au-delà de la kitchenette se dressaient un lit, une table et sa chaise, une cheminée ainsi qu'une imposante armoire sculptée.

Je me suis figé sur place. Boris et Winter m'ont percuté.

– Hé, tu permets, vieux, a protesté Boris.

Puis il a compris.

– L'armoire ! s'est-il exclamé.

– Incroyable ! s'est écriée Winter.

Mrs Fitzgerald semblait étonnée par notre enthousiasme.

– Euh... oui... ce meuble est assez spacieux, a-t-elle concédé.

Winter s'est tournée vers moi.

– Je te l'avais dit ! On est sur la bonne piste. Regardez, voici la porte sculptée !

À cet instant, le téléphone a sonné dans l'entrée et Mrs Fitzgerald s'est excusée pour aller répondre.

Les sculptures et le gros anneau en métal qui ornaient l'armoire étaient tels que mon père les avait dessinés. Je me suis précipité sur la porte qui s'est ouverte en grinçant.

L'intérieur du meuble dégageait une odeur boisée. D'un côté, il y avait une penderie ; de l'autre, une étagère surmontait trois tiroirs. Je les ai fouillés l'un après l'autre. Ils étaient vides.

Puis je me suis accroupi pour examiner la partie inférieure.

– Rien ici non plus.

Je me suis redressé, déçu, les poings serrés.

– Ce n'est pas cette fichue armoire qui renferme les deux derniers vers de l'Énigme !

– Ne t'énerve pas, Cal, m'a conseillé Winter. Les dessins de ton père ont tous une signification. Jusqu'ici on a réussi à les déchiffrer. On finira par comprendre le sens de celui-ci.

– Mais si ce qu'il voulait nous indiquer a disparu, ses dessins ne servent à rien, ai-je grommelé. C'est l'impasse.

– Faisons une pause et réfléchissons, a insisté Winter. Un indice peut tout à coup nous sauter aux yeux.

J'ai détourné la tête, prêt à claquer la porte, quand Winter m'a arrêté d'un geste.

– Là ! a-t-elle crié en passant la main sur un papier collé à l'intérieur du battant. Une carte !

Je me suis approché et j'ai repéré un premier nom : Graignamanagh. Puis, juste au-dessus : Kilfane.

– Le calque ! Voilà pourquoi mon père a dessiné cette armoire !

– C'est vraiment une carte, s'est exclamé Boris en s'approchant à son tour. Vite, mec, sors le calque !

155

Aussitôt, j'ai fait volte-face pour chercher la feuille dans mon sac. Je l'ai extraite avec précaution.

Mes doigts tremblaient d'excitation en faisant glisser la feuille translucide sur l'intérieur de la porte jusqu'à ce que les deux mots écrits par mon père – G'managh et Kilfane – se superposent parfaitement à ceux de la vieille carte.

– Incroyable ! a bredouillé Boris.

Je me suis reculé en maintenant le calque à bout de bras. Le point noir sur la feuille correspondait à un autre nom de lieu.

– Marais d'Inisrue ! a lu Winter. Ton père nous indique qu'il faut nous rendre au marais d'Inisrue. Fantastique ! À présent, on sait où poursuivre nos recherches !

– Je me demande ce qu'il y a là-bas, a remarqué Boris.

Du bout du doigt, il a tracé une ligne imaginaire entre Carrick-on-Suir et le point noir.

– Le marais d'Inisrue se trouve au nord, de l'autre côté de la Suir. Non loin d'ici.

Un bruit de lutte suivi d'un cri de femme nous a tirés de notre contemplation.

– Mrs Fitzgerald ? Tout va bien ? a lancé Boris en se précipitant dans le couloir.

Des pas martelaient le sol du vestibule. En une fraction de seconde, Boris a bondi en arrière, claqué violemment la porte et tourné la clé dans la serrure. Je ne l'avais jamais vu réagir si vite.

– Sligo! a-t-il sifflé, terrifié. Avec Zombie 2!

– Sligo? a répété Winter. Comment nous a-t-il retrouvés?

J'ai fourré le cadre dans mon sac à dos et foncé à l'autre bout de la pièce pour ouvrir la baie vitrée, tout en faisant signe à Boris et Winter de filer. Dans ma précipitation, j'ai renversé le vase de roses jaunes.

Dès que mes amis ont atterri de l'autre côté, j'ai enjambé le rebord de la fenêtre. À cet instant, Mrs Fitzgerald s'est mise à appeler à l'aide. Heureusement, des voisins ont aussitôt répondu à ses cris.

– Alertez la Garda! a hurlé une voix.

Sligo et Zombie 2 tentaient maintenant d'enfoncer la porte de la chambre.

– Saute! m'a pressé Boris.

Je me suis élancé dans le jardin et j'ai suivi mes deux amis qui avaient déjà escaladé la clôture.

– Ils se sont enfuis par la fenêtre, a tonné Sligo. Amène la voiture!

– Sauve-toi de ton côté, Cal! m'a ordonné Boris. On va les attirer au loin.

– Mais...

– Ne discute pas, file! m'a pressé Winter.

J'ai obéi à contrecœur.

16:46

Je suis descendu sur la berge pour gagner le plus vite possible le pont de pierre qui traversait la rivière.

La pluie glaciale tombait à verse et m'a trempé de la tête aux pieds en un clin d'œil. Je voyais à peine où je posais les pieds. Devant moi, tout était gris, flou et mouillé.

Soudain, j'ai perçu une lueur au milieu du brouillard. Des phares! Une voiture fonçait sur moi en dérapant dangereusement.

D'un bond, je me suis écarté de son chemin. Elle a continué à zigzaguer, ses pneus crissant sur la chaussée mouillée. Puis, après un tête-à-queue, elle s'est immobilisée.

Deux secondes plus tard, Zombie 2 jaillissait par la portière et se lançait à mes trousses.

J'étais beaucoup plus agile et rapide que ce gros tas de muscles, mais les semelles de mes baskets dérapaient sur les pavés glissants et j'ai fini par m'étaler de tout mon long.

Le temps que je me relève, mon poursuivant avait disparu. J'ai scruté les alentours. Personne.

Soudain, j'ai distingué le ronflement d'un moteur. Il continuait sa chasse à l'homme en voiture!

La panique s'est emparée de moi. Pas question de laisser Sligo récupérer le calque et le précieux contenu de mon sac à dos.

J'ai repris ma course le long de la rive. J'ai repéré, tirée sur la berge, une des barques mentionnées par Mrs Fitzgerald, protégée par une bâche qui la recouvrait presque entièrement.

Aussi vif que l'éclair, j'ai arraché mon sac à dos pour le dissimuler sous la bâche, puis je me suis sauvé.

La voiture derrière moi accélérait. Un peu plus loin, un petit pont enjambait la rivière. Je l'ai traversé en trombe. Malheureusement, il n'était pas assez étroit pour bloquer Zombie 2 qui s'est contenté de ralentir.

Sur cette rive, les maisons étaient moins nombreuses. Entre deux bâtisses, un pré menait à une étendue boisée. Saisissant ma chance, je m'y suis précipité sans hésiter. Hélas, en quelques secondes, la boue m'est montée jusqu'aux chevilles. J'avançais à la vitesse d'un escargot. Enlisé, je devais arracher mes jambes à la vase à chaque pas.

Enfin, je me suis extrait de ce marécage et j'ai pu reprendre ma course vers la forêt.

Soudain, un violent coup de poing m'a envoyé valser par terre. Une main de fer m'a cloué au sol, renversé et tordu un bras dans le dos.

Anticipant ma destination, Zombie 2 avait contourné le marécage pour me cueillir à l'orée du bois. Inutile de me débattre et de lui décocher des coups de pied, il ne me lâcherait pas.

Il m'a invectivé dans sa langue maternelle tout en me traînant vers la voiture.

Une fois parvenu au véhicule, il m'a soulevé, jeté sur la banquette arrière et s'est presque assis sur moi pour m'immobiliser.

La silhouette sombre installée au volant s'est retournée.

Vulkan Sligo !

– Comme on se retrouve, a-t-il grondé. Je n'irai pas par quatre chemins. Si tu tiens à la vie, tu as intérêt à cracher le morceau. Ton choix est simple : la vérité sur la Singularité Ormond ou la mort.

J'ai dégluti, puis je me suis efforcé de reprendre mon souffle et de m'éclaircir les idées.

– Parle ! a-t-il ordonné. Dis-moi où sont l'Énigme et le Joyau Ormond avant que je m'énerve !

– Chez moi, quelque part en Australie ! ai-je vociféré en me tortillant sous l'énorme masse de Zombie 2.

– Ne joue pas au plus malin avec moi ! Un fugitif n'a pas de domicile. Pas plus que cette petite vipère de Winter.

Son ricanement sinistre m'a flanqué des frissons dans le dos.

– Ne t'inquiète pas, a-t-il continué. Je me procurerai le Joyau et l'Énigme. Je traquerai tes amis, y compris ma précieuse pupille. Je suis sûr qu'elle t'accompagne et j'ai lu les notes qu'elle a rédigées.

– Eh bien, vous en savez autant que moi.

– Qu'est-ce que tu fabriques à Carrick ? Ton père a découvert des indices ici ?

– On dit que les voyages forment la jeunesse.

Zombie 2 m'a écrasé un peu plus. Visiblement, il ne goûtait pas mon humour... J'ai gémi de douleur.

– Tu ne sembles pas tenir à la vie, Ormond, a répliqué Sligo. Avant de te rencontrer, Winter filait doux. Tu as tout gâché, alors tu vas payer ! Finissons-en.

La voiture a accéléré, fendant la pluie et le brouillard.

– On va visiter une attraction locale. Tu as entendu parler des oubliettes de Dundrum ?

Je ne connaissais pas, mais je devinais que le lieu ne me plairait pas.

– Je répète, s'est énervé Sligo, tu as déjà entendu parler des oubliettes de Dundrum ?

– Oui. Vous les avez mentionnées il y a une seconde.

– Tu te crois drôle, hein ? Rira bien qui rira le dernier.

Mon sang s'est glacé dans mes veines. Cet homme était capable du pire. Il m'avait déjà enfermé dans une cuve à mazout. Et il avait failli tuer Winter, sa propre pupille.

CONSPIRATION 365

Dans la campagne irlandaise

17:23

Nous avons roulé pendant une vingtaine de minutes tandis que le ciel s'assombrissait. J'ai tenté de me redresser pour repérer le chemin, mais Zombie 2 me coinçait toujours le visage contre le dossier du siège.

Finalement, Sligo a viré à gauche et engagé la voiture sur un chemin de terre cahoteux, puis le véhicule s'est arrêté. Zombie 2 m'a libéré et j'ai pu lire sur un portail :

**OUBLIETTES
DE DUNDRUM**

OUVERTURE DE JUIN À OCTOBRE

Sligo est descendu de voiture, sous la pluie battante. Il a soulevé le capot du coffre dont il a extrait une énorme pince. Il l'a utilisée pour briser la chaîne qui condamnait l'entrée. Au loin, je distinguais un mur à moitié écroulé.

Sligo a repris place derrière le volant puis remonté l'allée jusqu'à ce mur.

– Sors-le, a-t-il ordonné à Zombie 2. Détruis son portable !

Zombie 2 m'a tiré dans l'air glacial et fouillé. Pour rien, puisque j'avais caché mon sac à dos dans la barque de Mrs Fitzgerald.

– Il n'en a pas !

Sligo a alors braqué une lampe torche devant lui. Zombie 2 m'a traîné, les bras tordus dans le dos, jusqu'à son patron. Puis il m'a obligé à descendre quelques marches et à entrer dans un espace qui autrefois avait dû être une cour et se résumait aujourd'hui à un champ de cailloux. J'ai remarqué que Sligo portait un grappin fixé à une chaîne. Plus j'avançais, plus ma panique augmentait.

Au milieu de l'ancienne cour, une lourde grille en fer recouvrait une ouverture ronde au ras du sol. Sligo s'est agenouillé à côté pour caler une des pointes du grappin sous un barreau.

Sa torche, posée par terre, éclairait une plaque :

> **Oubliettes**
> **de Dundrum**
>
> **DANGER !**
>
> *Ne pas retirer*
> *la grille*

– Retiens cette petite ordure pendant que j'opère, a-t-il crié à son acolyte.

Il a ensuite attaché l'extrémité de la chaîne à l'avant de sa voiture. Puis il a sauté derrière le volant, passé la marche arrière et écrasé la pédale de l'accélérateur. En reculant, la puissante voiture a arraché la grille qui protégeait l'ouverture, l'envoyant valser quelques mètres plus loin. J'ai cherché à me libérer de l'étreinte de Zombie 2, en vain.

Des souvenirs atroces ont surgi dans mon esprit. Et si Sligo me précipitait dans ce puits?

Quand il est revenu vers moi, une lueur diabolique brillait dans son regard.

– Tu as peut-être appris à l'école que les seigneurs se servaient des oubliettes pour se débarrasser des vauriens qui leur déplaisaient. Le gêneur y était jeté et... oublié! Souvent, on laissait les prisonniers croupir avec de l'eau sale jusqu'aux genoux, au milieu des rats... Mais celle-ci présente un attrait supplémentaire.

Il s'est tourné vers son homme de main.

– Amène-le qu'il puisse voir!

Zombie 2 ne s'est pas fait prier pour me bousculer jusqu'au bord du trou noir béant. Sligo a approché sa lampe torche.

J'ai poussé un cri d'horreur!

Sous mes yeux s'ouvrait un puits profond, au centre duquel se dressait la pointe d'une gigantesque pique.

– Tu devrais plutôt me remercier, a ricané Sligo. Être empalé sur cette pique, aussi désagréable que cela puisse paraître, abrégera tes souffrances et t'évitera de mourir de faim.

Sligo s'est tourné vers Zombie 2.

– Certes, les marais ont prouvé leur efficacité la dernière fois que j'ai dû faire disparaître un indésirable, mais ma nouvelle trouvaille est plus radicale, tu ne trouves pas ?

Zombie 2 a éclaté d'un rire terrifiant.

– Tout de même, a repris Sligo, on s'est bien amusés à regarder Bones se débattre dans la boue qui l'aspirait.

– Vous avez tué Drake Bones ? me suis-je écrié.

En guise de réponse, Sligo a ordonné :

– Assez rigolé ! Au trou !

Je me suis mis à hurler et à me débattre sous la poigne de fer de Zombie 2 qui me soulevait. Sligo m'a attrapé par l'autre bras et coincé l'épaule. Ils avaient vraiment l'intention de me balancer dans cette fosse où je mourrais embroché comme un vulgaire morceau de viande !

J'avais beau résister de toutes mes forces, ils me traînaient inexorablement vers le bord. J'ai raidi les jambes afin de leur compliquer la tâche.

Comprenant mon manège, Zombie 2 m'a donné un violent coup de pied derrière le genou avant de me suspendre au-dessus du vide.

Puis il m'a lâché.

Instinctivement, je me suis jeté sur le côté dans l'espoir d'esquiver la pointe mortelle.

Les pierres des parois ont déchiré mes vêtements, écorché mon dos, mes bras, mes cuisses, et j'ai atterri sur le côté, sain et sauf. J'avais seulement frôlé le pieu ! Sonné, le souffle coupé, j'ai levé les yeux vers le cercle pâle qui se découpait au-dessus de ma tête. La grille avait déjà retrouvé sa position initiale. Sanguinolent, trempé, j'étais pris au piège d'une oubliette, au cœur de l'hiver irlandais. Histoire d'accroître mon désespoir, le tonnerre a grondé puis la pluie a redoublé d'intensité. J'ai voulu me redresser, mais j'ai glissé dans une flaque d'eau. J'ai eu envie de hurler, je me suis retenu. Mieux valait que Sligo et Zombie 2 me croient mort. J'ai entendu leur voiture s'éloigner dans la nuit. Désormais, j'étais seul. Abandonné. *Oublié.*

18:29

Affalé contre le mur, j'ai offert mon visage à la pluie battante.

Il existait forcément un moyen de sortir de là. En escaladant le mur, si je parvenais au sommet, si je trouvais la force de soulever la grille, je pourrais m'évader.

Une fois dissipé l'engourdissement de mes membres, j'ai pris conscience de l'inconfort de ma position sur les cailloux qui tapissaient le fond de cet abominable trou. J'ai agité les jambes pour m'assurer que je n'étais pas blessé, puis les bras. Je me suis relevé péniblement pour regarder sur quoi j'étais assis. Il y avait une odeur bizarre.

J'ai eu envie de vomir.

Ma chute avait été amortie par un tapis de feuilles pourries recouvrant des débris d'ossements! Sans doute ceux des prisonniers qui avaient moisi et péri ici, des siècles plus tôt.

Je me suis efforcé de contrôler ma respiration tandis que mes yeux s'accoutumaient peu à peu à la pénombre. Je distinguais à présent autour de moi un espace circulaire, plus large que l'ouverture de l'oubliette, cerné de murs de pierre inclinés recouverts d'une épaisse mousse suintant l'humidité.

Pataugeant dans la boue et les feuilles, j'ai fait le tour de ma prison. Non seulement ses parois étaient mouillées et visqueuses, mais elles formaient un entonnoir renversé dont l'étroite ouverture allait en se refermant tout là-haut. Impossible d'espérer les escalader.

Je me suis étiré. Soudain, je me suis souvenu de la montre-balise que Boris m'avait donnée!

Dans le noir, je discernais à peine son cadran. J'ai frotté le verre et manqué m'évanouir : il s'était cassé pendant ma chute. Et le mécanisme baignait dans l'eau!

D'un doigt fébrile, j'ai pressé le remontoir à plusieurs reprises, de plus en plus frénétiquement.

Rien ne s'est produit. Pas de signal. Pas de pulsations bleues. Je ne pouvais plus compter sur la balise pour me sauver.

Hormis une paire d'assassins, personne ne me savait prisonnier ici. Et le panneau, à l'entrée du site, indiquait qu'il ne rouvrirait pas avant le mois de juin. Tout espoir était perdu.

L'escalade des murs, en apparence impossible, demeurait mon unique chance. J'ai effectué de multiples tentatives; à chaque fois, je suis retombé sur le sol. Lissées par l'érosion, les aspérités auxquelles je m'accrochais cédaient sous mon poids.

J'ignore pendant combien de temps je me suis acharné. À force, j'avais les doigts à vif.

Épuisé, j'ai fini par m'accroupir dans les ténèbres humides. Un air glacial me transperçait jusqu'à la moelle.

Je me suis rappelé la chambre froide dans laquelle Triple-Zéro m'avait enfermé en juillet. J'avais déjà frôlé la mort. Aujourd'hui, j'étais sûr qu'elle m'emporterait.

Les dernières paroles de Sligo me sont revenues en mémoire. Il avait sans doute raison. Il aurait mieux valu que je m'empale…

30 décembre
J –2

Oubliettes de Dundrum

11:30

J'ai crié pendant des heures, suppliant qu'on vienne à mon secours, qu'on m'arrache à ce piège mortel. J'ai hurlé à en perdre la voix.

Plusieurs heures se sont encore écoulées. J'ai tenté de me réchauffer au faible rayon de soleil hivernal qui a pénétré quelques instants dans mon oubliette. La pluie de la veille avait trempé mes vêtements. Pour couronner le tout, je baignais jusqu'aux genoux dans une eau glacée. Je redoutais de passer une nuit supplémentaire dans ces conditions. Je n'y survivrais pas.

Les ossements des malheureux qui avaient péri ici avant moi me donnaient la nausée. Avaient-ils gardé espoir jusqu'au bout ?

J'étais parvenu en Irlande et je touchais au but avec la carte découverte dans l'armoire de mon père. Pourtant, plus le temps filait, plus je sentais que mon destin était scellé. Je mourrais d'une mort atroce, lente et solitaire.

15:17

Essayer d'escalader la pique ? Mais sa pointe se situait bien trop loin de la grille.

Tremblant, frigorifié, affamé, épuisé, j'ai pensé de toutes mes forces à Winter et à Boris. J'espérais qu'ils étaient sains et saufs, à l'abri. Ils devaient être fous d'inquiétude.

J'éprouvais la même impression que lorsque j'avais été enterré vivant, et qu'ils me cherchaient sans savoir où creuser.

Cette fois, même s'ils me croyaient encore en vie, ils n'avaient pas une chance sur un million de me retrouver.

22:37

Une nouvelle nuit au fond de l'oubliette. Je sentais mes forces m'abandonner irrémédiablement. J'avais la tête qui tournait, je claquais des dents.

Mes mains étaient enflées, douloureuses, mon cerveau embrumé.

J'ai songé au dessin de l'ange par lequel tout avait commencé. L'ange Ormond, supposé aider l'héritier en mauvaise posture.

– J'ai besoin de toi ! ai-je croassé. Où es-tu ?

Je rêvais qu'il vole à mon secours. Après tout, j'étais l'héritier. Mais seuls la pluie et le vent tourbillonnant m'ont répondu.

– L'ange Ormond n'existe pas, les anges n'existent pas, ai-je grommelé entre mes dents.

À cet instant précis, il m'a semblé distinguer un mouvement au-dessus de moi, dans un halo de lumière. Convaincu d'être victime d'une hallucination, j'ai secoué la tête. Le phénomène s'est reproduit. Une ombre se déplaçait.

Une silhouette se tenait debout près de la grille !

Elle s'est penchée pour scruter le puits. Une lueur blanche la nimbait telle une auréole. L'ange m'avait donc entendu ?

J'ai cligné des paupières. Le stress et la peur me faisaient perdre la raison.

– Hé-ho ! ai-je lancé avec l'énergie du désespoir.

Un rayon lumineux m'a brusquement ébloui.

– Cal ?

Une voix ! Une voix familière !

– Cal ? Ça va ?

Le soulagement m'a envahi.

– Ralf... Oncle Ralf ! ai-je gémi.

Mon sauveur n'était pas l'ange Ormond, mais mon oncle. Éclairé par des projecteurs puissants, sans doute les phares d'un véhicule, il portait sur l'épaule un gros rouleau de corde.

– Tiens bon, je vais te tirer de là, a promis Ralf en écartant la grille avec un pied-de-biche.

Il a laissé pendre au fond du puits l'extrémité de la corde que j'ai rapidement attachée autour de ma taille et, lorsque je lui ai crié que j'étais prêt, il m'a hissé de toutes ses forces.

Dès qu'il a pu m'attraper, il m'a saisi par les bras et extirpé de cette maudite oubliette. Je me suis retrouvé allongé par terre, tétanisé, grelottant. Sans perdre une seconde, Ralf m'a enveloppé dans une couverture avant de me transporter jusqu'à sa voiture, un pick-up de location. Une fois installé au volant, il a mis le contact et monté le chauffage au maximum.

– Dans quel état tu es! a-t-il constaté en se penchant sur moi pour me frictionner les mains.

Puis il m'a tendu une bouteille d'eau.

– Il était temps que j'arrive. Tu es blessé?

J'ai secoué la tête et bu au goulot.

– Juste f-f-fri-go-ri-fié, ai-je bégayé. C-c-comment m-m'as-tu t-t-trouvé?

Il a pris une profonde inspiration, comme s'il ignorait par où commencer.

– C'est une longue histoire. Quand nous avons appris que tu avais été arrêté, après ton numéro devant le poste de police, ta mère et moi avons couru là-bas pour te voir. Mais ce n'est pas toi qui nous y attendais.

Il a démarré pour s'éloigner de la sinistre oubliette.

J'ai esquissé un sourire en songeant à Ryan.

– Comme les autorités te soupçonnaient de vouloir t'enfuir en avion, j'ai compris que cet « imposteur » avait fait diversion.

– Vous avez rencontré Ryan?

– Bien sûr.

Il m'a adressé un sourire complice. Ses yeux étincelaient.

– Je n'osais espérer que cela se produirait un jour, Cal. Je n'imaginais pas revoir Sam.

– Et maman, comment a-t-elle réagi?

– Elle est bouleversée. Cette année a été pour elle une succession d'épreuves terribles sur le plan émotionnel. Et c'est loin d'être fini.

– Comment ça?

Malgré le chauffage, je ne cessais de grelotter et je saisissais mal le sens des paroles de Ralf.

– Ta mère et moi avons eu une violente dispute, a-t-il admis. J'ai découvert qu'elle aidait le notaire de notre famille à percer le mystère de la Singularité Ormond.

J'ai failli m'étouffer de stupeur.

– Quoi? Maman? L'alliée de Drake Bones?

Ralf a paru surpris que je connaisse son nom.

– J'ignore à quel point elle était impliquée ou manipulée. N'en tire pas de conclusions hâtives, d'accord ? En tout cas, quand j'ai appris que Bones était parti en Irlande, puis que Boris participait à une mystérieuse excursion à l'étranger, j'ai commencé à y voir clair, et compris que tu courais un terrible danger.

– Tu avais raison. J'ai survécu, mais Drake Bones a eu moins de chance. Il est mort.

Devant l'air choqué de Ralf, j'ai précisé :

– Vulkan Sligo, un malfrat de Richmond, l'a assassiné. Il l'a jeté dans un marais.

Mon oncle s'est contenté de secouer la tête.

– J'espérais te retrouver au manoir Clonmel. Quand j'y suis arrivé, il y régnait une pagaille monstre. Tes amis, Boris et Winter, m'ont mis au courant de la situation et m'ont parlé de ce truand.

– Ils vont bien ?

Le soulagement a réchauffé mon cœur glacé.

– Oui, rassure-toi. Ta copine a même emprunté un cheval pour partir à ta recherche.

– Vraiment ?

– Oui. Il appartient à des gens du voyage. Elle a sauté dessus pour galoper à ta poursuite.

J'ai resserré la couverture autour de moi, en tentant d'imaginer la scène.

– Boris et Winter ne sont pas retournés au manoir. Ils se cachent chez les gitans. Leur campement de caravanes se situe au bord de la rivière, à quelques kilomètres au sud du manoir Clonmel. C'est là que je t'emmène.

– Comment as-tu découvert que je croupissais au fond de ce trou ?

J'avais enfin arrêté de claquer des dents.

– Je n'en savais rien. J'ai repéré des traces de pneus. La pluie les avait à moitié effacées. Par chance, la route aboutissait à un embranchement qui n'offrait que deux possibilités. Après t'avoir cherché partout, j'ai aperçu l'oubliette. Lorsque j'ai remarqué la chaîne de la grille fracturée, j'ai eu un pressentiment. Et voilà...

Carrick-on-Suir

23:52

Juste avant d'entrer dans Carrick, j'ai demandé à Ralf de s'arrêter à proximité de la rivière.

Il m'a attendu dans le pick-up tandis que je descendais sur la berge. Il m'a fallu plusieurs minutes pour repérer la bonne barque. Toujours frissonnant, j'ai soulevé la bâche. À mon grand soulagement, j'ai retrouvé mon sac à dos au même endroit. Trempé, mais intact.

J'allais le hisser sur mon épaule quand un coup de feu a éclaté. Une onde de choc m'a ébranlé.

J'ai remonté la pente en courant aussi vite que mes jambes me le permettaient.

La portière côté conducteur était ouverte. J'ai contourné le pick-up et là, je suis tombé à genoux.

Le corps de Ralf dépassait à moitié du véhicule, la tête sur les pavés, le cou tordu, les bras ballants, inerte.

– Ralf! ai-je hurlé en l'empoignant. Ralf!

J'ai écarté les pans de son manteau, effrayé à l'idée de ce que je risquais de découvrir.

Je me suis mis à vaciller. Une large tache rouge dansait devant mes yeux.

On lui avait tiré une balle en pleine poitrine.

Des pas lourds se sont approchés. J'ai pivoté.

– Que se passe-t-il? a crié une voix.

– J'ai entendu un coup de feu, a répondu une autre.

– Poussez-vous, a ordonné une troisième.

On m'a éloigné, puis quelqu'un a prononcé les trois mots que je redoutais :

– Il est mort.

31 décembre
J –1

Campement gitan

12:50

– Cal, tu vas bien ? s'est écriée Winter quand j'ai ouvert les yeux.

J'étais couché dans un duvet, sous une tente.

– Où suis-je ?

– Ne t'inquiète pas, tu ne risques rien. Tu es inconscient depuis que les gens du voyage t'ont ramené ici... après l'accident.

Elle a murmuré ces derniers mots.

Tout m'est alors revenu subitement. Ralf avait été tué. Hébété, je me sentais incapable de parler.

– Je suis vraiment désolée, Cal.

J'ai secoué la tête et ravalé mes larmes.

– On voulait accompagner ton oncle, a repris Winter. L'aider à te retrouver, mais il a refusé, estimant que c'était trop dangereux. J'ai du mal à réaliser qu'il est mort. Dire qu'on a discuté avec lui hier ! Il venait juste d'arriver ici !

Une femme aux vêtements chatoyants m'a tendu une boisson chaude dans une tasse ébréchée, et gentiment touché l'épaule.

Winter l'a remerciée d'un sourire.

– Raconte-nous ce qui s'est passé, a lancé Boris en s'asseyant à côté de moi.

J'ai lutté pour maîtriser les tremblements de ma voix.

– Ralf m'a sauvé la vie. Sligo m'avait jeté au fond d'une oubliette. J'étais sur le point de mourir de faim, de soif et d'épuisement lorsque Ralf est apparu. Il m'a ramené en voiture. Il comptait nous conduire ici, mais comme j'avais caché mon sac à dos dans une barque près de la rivière, je lui ai demandé de s'arrêter, le temps que je descende le récupérer. J'étais encore au bord de l'eau quand j'ai entendu le coup de feu. Je l'ai découvert à demi écroulé par terre, la poitrine en sang.

Au souvenir de cette scène, j'ai été saisi de vertige.

– Des gens ont accouru. J'ignore la suite. J'ai dû m'évanouir.

– Tu étais gelé, Cal, a précisé Winter. En état de choc. On a eu de la chance de te retrouver à temps.

Le silence est retombé, seulement troublé par les bruits ordinaires de la vie du camp. Un feu crépitait non loin. Par l'ouverture de la tente, j'ai vu deux gamins regarder dans notre direction.

– Et Mrs Fitzgerald ?

– Elle va bien, m'a répondu Boris. On a pensé qu'il valait mieux ne pas dormir chez elle. À cause de la Garda qui pose une foule de questions. Winter a volé...

– Emprunté, a-t-elle corrigé.

– Emprunté un des chevaux des gitans. Quand on est venus le rendre, ils ont offert de nous héberger. Maria et Gabor ont insisté pour qu'on reste aussi longtemps qu'on le souhaite. Maria est la femme qui t'a apporté à boire.

J'écoutais mes amis sans toutefois parvenir à chasser de mon esprit le visage de Ralf. J'ai enfoui ma tête entre mes mains.

– C'est absurde ! Les gens meurent les uns après les autres ! Pour quoi ? Pour la Singularité Ormond ? J'en suis venu à me demander si je peux encore me fier à ma propre mère...

– Tu ne dois pas abandonner, Cal ! a déclaré Winter.

– Vraiment ?

– Oui, il faut absolument que tu poursuives ta quête. Pour ta famille. Pour ton père et Ralf. Pour ton grand-oncle.

Elle s'est interrompue puis a secoué la tête.

— Pour tous ceux qui t'ont soutenu : Jennifer Smith, Melba Snipe, Dep, Ryan Spencer, Sharkey... Et pour nous, aussi, a-t-elle ajouté en saisissant la main de Boris. On était à tes côtés pendant ces mois de folie. On veut te voir réussir. Si tu laisses tomber maintenant, ce qu'on a accompli ensemble n'aura servi à rien.

— Elle a raison, a renchéri Boris. C'est le dernier jour, mec. Tu ne vas pas baisser les bras aujourd'hui. Il faut tenir le coup quelques heures encore.

J'avais mal partout. L'assassinat de Ralf me rongeait. Le peu de temps dont je disposais désormais me donnait des sueurs froides. Cependant, mes amis faisaient preuve de bon sens.

Il restait à peine douze heures pour élucider le mystère de la Singularité Ormond. Un instant, j'ai cru entendre la voix de mon père m'exhortant à continuer. Les indices qu'il m'avait transmis aboutissaient au marais d'Inisrue. Était-ce là que je trouverais les ruines qu'il avait photographiées ? Et l'inscription à moitié effacée reproduite sur le dessin jauni du Pr Brinsley ?

— Écoute, a dit Boris. J'irai avec Winter au marais d'Inisrue, histoire de découvrir pourquoi ton père a marqué cet endroit d'un point noir. À toi de voir si tu te sens d'attaque pour nous accompagner.

– OK, ai-je lancé en me mettant péniblement debout. Tu sais comment te rendre là-bas ?

– Oui, on a demandé à Maria. Elle possède un livre avec une liste des terres de Black Tom Butler à Inisrue au XVIᵉ siècle. Mauvaise nouvelle, Inisrue est un marais. Mais c'est là que se situent les ruines de trois propriétés de Black Tom : le château de Slievenamon, le donjon de Guainagh et la tour Ormond. L'une des trois est forcément celle que ton père a photographiée, celle qui renferme le secret.

L'assurance de Boris m'a redonné du courage.

– J'espère que tu as raison.

– Moi aussi, a-t-il avoué. Winter a recopié le plan pour qu'on ne se perde pas.

– À l'origine, les bâtiments s'élevaient sur une île au milieu de la rivière, a ajouté Winter. Aujourd'hui, l'île s'est transformée en un marécage d'une traîtrise meurtrière. Nous devrons nous montrer extrêmement prudents.

– En parlant de marécage… Grâce à Sligo, on n'a plus à se préoccuper de Drake Bones, ai-je remarqué.

Winter n'en revenait pas :

– Quoi ? Il l'a tué lui aussi ?

J'ai acquiescé.

– Il a vanté l'efficacité redoutable des marais quand on cherche à se débarrasser de quelqu'un.

Mes mains, meurtries après mes multiples tentatives d'escalade, me faisaient souffrir. Boris m'a donc aidé à m'emmitoufler dans des vêtements chauds.

Une appréhension sourde s'était emparée de moi. Nous étions arrivés jusqu'ici, à l'autre bout de la planète, j'avais survécu pendant 365 jours ou presque, déjouant les pièges mortels qui entouraient la Singularité Ormond. Pourvu que l'une de ces ruines soit celle photographiée par mon père.

Tout en rangeant son sac, Winter a lancé :

– On dispose de dix heures pour explorer trois ruines.

Mon inquiétude persistait.

– Même si on découvre avant minuit ce qu'est la Singularité Ormond, comment le prouvera-t-on ?

– Relax, m'a rassuré Boris. Je filmerai la découverte avec mon portable.

J'ai rassemblé maladroitement mes affaires, grognant de douleur à chaque mouvement, et trébuché sur *La Vie des Saints* qui gisait à mes pieds. En reprenant mon équilibre, je me suis cogné à un coin de table.

– Aïe ! Satané bouquin !

Furieux, je l'ai ramassé et jeté violemment au sol.

— Du calme, vieux, a protesté Boris, se précipitant pour le ramasser. C'est un livre qui a de la
valeur. Enfin... qui en avait.

Le cuir craquelé avait explosé sous le choc ; la
couverture ne tenait plus que par quelques fils.

Je me suis approché en apercevant une étroite
bande de vélin enroulée à l'endroit où la reliure
s'était déchirée.

J'ai pris le volume des mains de Boris. Ce morceau de parchemin me paraissait familier. Il avait
été cousu.

Je l'ai tiré avec précaution.

Hypnotisé par ce que je découvrais, je l'ai lissé
puis montré à mes amis.

— Incroyable, ai-je murmuré. Voilà la partie de
l'Énigme qui nous manquait ! Les deux derniers
vers !

Winter les a lus à haute voix :

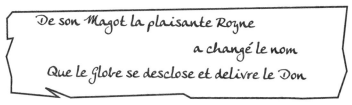

De son Magot la plaisante Royne
a changé le nom
Que le globe se desclose et delivre le Don

— Le Pr Brinsley avait raison ! s'est-elle écriée.
J'étais surexcité... et perplexe.

— Que signifie « desclose » ?

— « Ouvrir », je suppose, a dit Winter.

— Mais de quel globe parle-t-on ?

– Si tu sortais le début du manuscrit ? a suggéré Boris. Peut-être qu'en assemblant les deux morceaux, on comprendrait mieux...

L'Énigme Ormond

De huit fueillez ma bele Dame est couronnée
Tout au rond de son parfaict Visage vermeil
Treize larmez de Lune vers l'huis du Souleil
Prendre un tour a dextre sur Champ de Gueulez
Pour le doulx Peché de la Royne,
                              un devra adjouster
Ainsi descouvers seront le Secret et le Don

De son Magot la plaisante Royne
                        a changé le nom
Que le globe se desclose et delivre le Don

– « De son Magot », ai-je répété. De l'argent ? Non, il doit s'agir d'autre chose... Winter ! Le singe blanc du portrait de la jeune princesse Elizabeth ! Le magot est un singe. Et sur le dessin de mon père, l'animal tient une balle ou...

– Un globe ! a crié Winter.

– Admettons, a fait Boris. Elle a changé le nom de son singe. Très bien, et après ?

Winter réfléchissait intensément.

– La plaisante reine. Plaisante ? Amusante ? Elle s'est amusée à changer le nom de son magot... à le transformer...

Soudain, Maria a surgi dans la tente.

– Vite ! Venez dans ma caravane ! La Garda débarque.

La panique m'a saisi.

– La police ? Ici ?

– Il faut vous cacher tout de suite. Suivez-moi !

Nous avons attrapé nos sacs et couru à la caravane où Maria s'est empressée de vider trois coffres de leurs affaires et de leurs livres afin de nous ménager à chacun une place.

– Grimpez là-dedans ! a-t-elle ordonné.

Puis elle a rabattu les couvercles sur nos têtes et posé dessus des gros volumes poussiéreux.

– Ne bougez pas avant que je revienne !

Et elle a quitté la caravane, refermant précipitamment la porte derrière elle.

14:27

Chaque minute qui s'écoulait réduisait le délai dont nous disposerions pour nous rendre au marais d'Inisrue et explorer les trois sites.

Le temps devenait un élément aussi crucial que l'air. Je commençais à étouffer dans mon coffre. J'étais terrorisé à l'idée d'être arrêté par la Garda.

Je serais incapable de répondre à leurs questions sur l'incursion de Sligo au manoir Clonmel ou sur le corps de Ralf que j'avais abandonné sur la route, dans sa voiture.

Je me suis demandé si ma mère avait déjà été prévenue. Elle serait anéantie par la nouvelle. J'ai aussi pensé à la révélation que Ralf m'avait faite avant de mourir à propos des relations entre ma mère et le notaire. Se pouvait-il qu'elle ait trahi sa propre famille ?

14:38

J'enrageais. Nous perdions un temps fou. En plus, je souffrais le martyre dans cette position inconfortable. Ne tenant plus en place, j'ai soulevé légèrement le couvercle du coffre afin de jeter un œil à l'extérieur.

– Boris ? Winter ?

– Tiens-toi tranquille ! m'a réprimandé Boris. Inutile de nous faire capturer maintenant. Patience. Ils ne vont pas rester des heures.

15:04

La porte de la caravane s'est ouverte.

– Cet endroit nous sert de bibliothèque, expliquait Maria. Les enfants viennent y lire au calme.

– Des livres, hein ? a lancé une voix de femme.

Quelques coups se sont abattus sur les coffres en résonnant.

Le grincement d'un couvercle qu'on soulevait m'a donné des frissons. Il ne manquerait plus qu'on nous découvre ! J'étais déjà prêt à bondir et à m'enfuir en courant quand Maria et la visiteuse indésirable ont enfin quitté la pièce.

15:20

Un quart d'heure plus tard, Maria est revenue et m'a libéré le premier.

— C'est bon, vous pouvez sortir.

J'ai étiré avec soulagement mes membres douloureux. Boris et Winter ont surgi à leur tour de leur cachette.

— J'ai cru qu'ils ne partiraient jamais, a repris notre protectrice. Ils ont décidé de mener une enquête approfondie sur l'intrusion au manoir Clonmel et le meurtre. Ils voulaient s'assurer qu'on n'abritait pas de « fugitifs » dans notre campement. Tout va bien ?

— Oui, ai-je répondu. Merci pour tout. Mais on ne peut pas s'attarder ici. On doit se rendre coûte que coûte au marais d'Inisrue.

Maria a secoué la tête.

— Je vous déconseille d'y aller maintenant. L'endroit est beaucoup trop dangereux. Et la nuit tombe vite en cette saison. Si vous vous écartez du chemin, on risque de ne jamais vous revoir. Le marais engloutit chaque année bon nombre de promeneurs. Pourquoi ne pas remettre votre excursion à demain matin ? Vous pouvez rester ici et réveillonner avec nous.

Pas question d'accepter, demain matin il serait trop tard !

– Et si nous empruntions la rivière ? ai-je demandé. Ce serait moins risqué ?

– En effet, sauf que le trajet sera plus long. Vous savez manœuvrer une barque ?

– Oui.

– Nous serons prudents, a renchéri Winter. Comment nous rendre au marais d'Inisrue ?

Comprenant qu'aucun argument ne nous dissuaderait, Maria nous a fourni toutes les indications :

– Descendez la rivière. Lorsque vous apercevrez le vieux pont de Saint Mullins – avec ses six arches de pierre – vous serez presque arrivés. Vous ne tarderez pas à atteindre un appontement où laisser votre embarcation.

– Merci, Maria, ai-je lancé avant de courir vers la tente avec mes amis.

15:30

– Boris, Winter, vérifiez que vous n'oubliez rien.

– Hé, minute, a protesté Boris. Il faudrait tester le chiffre de César sur les deux derniers vers.

J'ai secoué la tête.

– On n'a plus le temps. On s'en occupera en route.

Soudain, Maria a poussé un cri à l'extérieur.

J'ai jeté un coup d'œil par l'ouverture. Une immense vague de soulagement m'a envahi en reconnaissant l'intrus.

– Sharkey!

Boris et Winter se sont décrispés. Winter a même ri. Je me suis précipité vers notre allié.

– Cal! Il paraît que tu l'as échappé belle hier soir. Je suis sincèrement désolé pour ton oncle.

Il m'a serré maladroitement dans ses bras. Gêné par cette démonstration d'affection, je me suis libéré.

– Merci. Il faut partir tout de suite. On a trois ruines à explorer, le temps presse.

Boris est venu serrer la main de Sharkey. Winter l'a embrassé sur la joue.

– J'ai discuté avec Mrs Fitzgerald, nous a informés Sharkey. J'ai l'intention de l'accompagner au poste de police. Je suis persuadé qu'elle identifiera sans peine Vulkan Sligo et son acolyte comme ses agresseurs. Je crois aussi avoir réuni des éléments qui prouveront la responsabilité de ce criminel dans le meurtre du Pr Brinsley et dans celui de ton oncle. Je ferai tout mon possible pour qu'il soit arrêté.

– Vous avez découvert des preuves?

– Disons que j'ai eu de la chance.

– Sligo a aussi assassiné Drake Bones, ai-je ajouté. Il s'en est vanté devant moi.

Sharkey a poussé un profond soupir avant de déclarer :

– La vérité éclatera au grand jour, Cal. Sligo sera bientôt derrière les barreaux, je te promets qu'on lavera ton nom de tout soupçon et que tu retrouveras ton ancienne vie.

Sur la Suir

17:20

Accroupis dans un *cot* de Carrick, Boris, Winter et moi ramions en silence sur l'onde glacée, en direction du marais d'Inisrue.

Il faisait nuit à présent. On ne distinguait que le reflet des lumières d'une ville lointaine et le rayon de la puissante lampe torche de Boris.

Dès que nous sommes parvenus à adopter un rythme régulier, Winter a sorti l'Énigme afin de l'étudier à la lueur de sa lampe.

– Je vais commencer par un décalage d'une lettre, a-t-elle annoncé. La solution est proche, je le sens. Ces deux derniers vers nous ont donné tellement de fil à retordre.

Nous avons dépassé des villages construits au bord de la rivière et de larges chalands amarrés à proximité. Ici et là, les fenêtres des habitations brillaient dans la nuit, nous rappelant que c'était le réveillon, un soir de fête. Un an plus tôt, jour pour jour, Ralf et moi avions failli mourir noyés dans la baie des Lames. J'espérais que cette nouvelle expédition en bateau ne finirait pas aussi mal.

Des étoiles scintillaient entre les nuages. Au ras de la rivière une mince couche de brume s'était formée. La barque glissait en silence, accompagnée par le seul clapotis du courant, en direction du vieux pont de Saint Mullins.

Un frisson, qui n'avait rien à voir avec l'air glacial de la nuit, m'a parcouru. Je sentais le danger m'étreindre.

– Où tu en es, Winter ? ai-je demandé en entendant des cloches sonner au loin.

Dans six heures, la Singularité Ormond expirerait.

Les heures s'écoulaient et il nous restait encore trois ruines à fouiller. Trois ! Le château de Slievenamon, le donjon de Guainagh et la tour Ormond. Le secret de la Singularité Ormond se cachait sans doute dans l'un de ces sites. Mais nous n'avions pas le temps d'explorer les trois...

La voix de Winter a interrompu le cours de mes pensées.

– « De son Magot la plaisante Royne a changé le nom »... Peut-être que la reine s'est amusée à le transformer par jeu.

– Le chiffre de César s'appliquerait au mot magot ? est intervenu Boris.

J'ai deviné la lueur d'espoir qui scintillait dans les yeux de Winter.

– Je vérifie tout de suite !

Le parchemin sur les genoux, elle a entrepris d'appliquer le chiffre de César au mot « magot » en commençant par un décalage d'une lettre, puis deux, trois, quatre...

– N'bhpu, Ociqv, Pdjrw, Qeksx...

ABCDEFGHIJKLMNOPQRSTUVWXYZ
UVWXYZABCDEFGHIJKLMNOPQRST

Enfin, elle s'est écriée :

– G-U-A-I-N, GUAIN !

– Guainagh, la clé du mystère se trouve au donjon de Guainagh ! Winter, tu es géniale !

J'ai failli sauter de joie.

– Attention ! Tu vas nous faire chavirer !

Sur ce, Boris a poussé un cri de triomphe :

– Six arches en vue ! Le pont de Saint Mullins ! On approche.

DÉCEMBRE

Un clocher a égrené sept coups. Plus que cinq heures pour gagner le marais d'Inisrue, localiser le donjon et le fouiller. D'après la carte de Winter, Guainagh se situait sur la droite de l'appontement.

Ignorant mes paumes à vif qui me brûlaient, j'ai tiré de toutes mes forces sur les rames pour aider Boris à diriger notre embarcation vers la rive. Sur ma droite, un muret de pierre se terminait par un modeste quai.

– Voilà l'appontement dont parlait Maria, ai-je dit. Nous touchons au but !

Marais d'Inisrue

19:21

Accoster n'a pas été une mince affaire car le courant contrariait nos manœuvres. Finalement, nous avons réussi à tirer le *cot* au sec.

Boris pestait contre le froid. Quant à moi, j'étais trop excité pour le ressentir.

Une petite maison en pierre aux fenêtres sans lumière semblait le seul bâtiment encore debout. Au-delà, la masse sombre d'une ruine imposante se découpait contre le ciel.

– Il faut longer la rive jusqu'au donjon de Guainagh, a précisé Boris. Il devrait se situer un peu plus loin sur la droite. Vite, suivez-moi !

Il a ouvert la marche avec sa lampe torche. Aucun de nous trois n'avait envie de mourir englué dans la vase comme Drake Bones. Nous progressions néanmoins d'un pas rapide sur la bande de terre ferme légèrement surélevée. Des deux côtés, les « sables mouvants » s'étendaient dans les ténèbres, ponctués çà et là d'un arbre aux branches dénudées qui jaillissait de la surface.

20:00

Huit coups de cloche ont résonné dans la nuit. Nous traversions le marais depuis plus d'une demi-heure. Soudain, je me suis arrêté. J'ai levé la main pour faire signe à mes amis de m'imiter.

Boris a aussitôt éteint sa lampe.

– Un problème ?

– J'ai l'impression qu'on n'est pas seuls. Regardez là-bas ! ai-je chuchoté.

Des faisceaux lumineux ont vacillé au loin, et nous avons perçu des voix portées par le vent froid.

Que faire ? Où aller ? Indécis, nous nous sommes accroupis. Je rechignais à rebrousser chemin et perdre un temps précieux, pourtant quelle autre solution s'offrait à nous ? Tout à coup, Winter a étouffé un cri. Des lueurs semblaient à présent trembler dans notre dos. Nous étions pris au piège!

Le pire était d'ignorer à qui nous avions affaire. En tout cas, il était peu probable que de simples randonneurs s'aventurent à cette heure dans le marécage!

Soudain j'ai reconnu une voix.

— Sligo! a soufflé Winter.

Qu'est-ce qu'il fabriquait ici? S'il nous surprenait, nous pouvions dire adieu une fois pour toutes à la Singularité Ormond et à la vie.

Je me suis tourné vers mes amis.

— On n'a pas le choix, quittons le sentier. Il ne faut surtout pas qu'il nous voie!

— Pour aller où? s'est inquiété Boris. Dans le marais? Et risquer de nous faire engloutir?

Désespéré, j'ai cherché des yeux un abri. Contre le ciel noir se découpait la silhouette noueuse et torturée d'un arbre à moitié submergé dans la tourbe qui se dressait à quelques mètres de nous. On l'aurait dit sorti d'une légende de sorcières.

— L'arbre, ai-je murmuré. On va grimper dedans et s'y cacher. Accrochez-vous à une branche et ne la lâchez sous aucun prétexte. Votre vie en dépend.

Les intrus se rapprochaient dangereusement.

Mes doigts se sont crispés sur l'écorce avec une énergie farouche et je me suis hissé dans la ramure, suivi par mes deux amis.

La voix de Sligo s'est élevée en contrebas :

– Ils ne sont pas encore là. On va les capturer et obliger l'ado-psycho à cracher le morceau. Il ne fera plus le malin quand tu mettras la main sur son copain grassouillet et sur cette répugnante petite traîtresse ! Après, on se débarrassera d'eux. Pour de bon cette fois !

Cette crapule était donc retournée au puits de l'oubliette et y avait constaté ma disparition.

Sligo et Zombie 2 ont fini par émerger des ténèbres épaisses, à quelques mètres de notre cachette. Ils se sont arrêtés pour scruter le chemin obscur qui conduisait à la rivière.

– Ils arrivent, patron. J'aperçois une lumière.

Manifestement, il croyait que nous marchions à leur rencontre. J'ai retenu mon souffle.

Une imposante silhouette solitaire était apparue. Je ne la connaissais que trop bien.

J'ai attendu que le mince rayon de lune qui venait de percer entre les nuages l'éclaire pour savourer la surprise des deux brutes.

J'ai entendu un rugissement étouffé lorsque, le menton baissé sur son torse massif, ses bras puissants levés devant lui en position de combat, sa lampe torche braquée sur Sligo et Zombie 2, Sumo a surgi de l'ombre. Sumo, le fidèle acolyte d'Oriana de Witt.

Avant qu'ils aient pu réagir, Sumo a foncé sur eux, les a assommés puis envoyés valser dans le marais où ils se sont écrasés ! Mais entraîné par son élan, il les a rejoints.

Tous trois ont commencé à patauger dans la boue gluante du marais. Ils n'ont pas tout de suite pris conscience du danger qu'ils couraient. Ils juraient, s'insultaient, luttaient, se débattaient. Chaque geste, chaque tentative de s'extraire de ce piège liquide les condamnait un peu plus.

J'aurais dû me douter que les poursuites judiciaires à l'encontre d'Oriana de Witt ne mettraient pas un terme à sa quête de la Singularité Ormond. L'avocate avait envoyé Sumo en Irlande pour poursuivre son but.

– Venez, ai-je chuchoté à mes amis. Profitons-en pour filer !

Avec précaution, je suis descendu de l'arbre et j'ai posé les pieds sur le sol ferme. J'ai tendu les bras pour guider Winter et Boris.

Les vociférations du trio qui se démenait dans la boue s'étaient transformées en hurlements de terreur. Sligo, Zombie 2 et Sumo avaient enfin compris qu'ils étaient prisonniers d'un piège contre lequel ils ne pouvaient rien.

– Au secours ! criait Sligo. À l'aide, sortez-moi de là !

Winter a amorcé un mouvement vers lui ; Boris et moi l'avons retenue. Nous n'allions pas risquer de perdre la vie pour sauver un criminel qui avait brisé la sienne.

– Partons, ai-je tranché. On ne peut rien faire pour les aider sans nous mettre en danger.

20:51

Nous avons accéléré l'allure. Mon cœur battait plus vite à chaque pas.

Enfin la silhouette du donjon de Guainagh a surgi devant nous. Autrefois, la rivière coulait sans doute au pied des murs ; aujourd'hui, son lit avait dévié et s'en était éloigné d'une bonne centaine de mètres.

21:00

La cloche a retenti, nous rappelant qu'il ne nous restait plus que trois heures.

Le donjon se dressait au milieu d'un vaste pré. À la seule lueur du clair de lune, et malgré les écharpes de brume qui drapaient ses murailles écroulées, j'ai reconnu la ruine que mon père avait photographiée. On distinguait encore les quatre tours qui encadraient le donjon.

– Oh non ! s'est exclamé Boris en découvrant qu'une clôture de sécurité en interdisait l'accès.

À l'intérieur de l'enceinte, nous avons aperçu un bulldozer et deux grues.

L'énorme bulldozer, avec sa lame concave pareille à une mâchoire béante, était garé un peu à l'écart de la ruine, à côté de ce qui semblait être une rangée de projecteurs. Des pierres numérotées avaient été soigneusement empilées.

Je me suis tourné vers Boris et Winter.

– Mrs Fitzgerald nous a prévenus que l'un des châteaux de Black Tom devait être démonté, puis expédié aux États-Unis.

– Vous croyez que c'est justement le donjon de Guainagh ? a protesté Winter. Et si quelqu'un était déjà tombé sur le trésor ?

– Nous ne sommes pas certains que la Singularité Ormond soit un trésor, a objecté Boris.

Pendant qu'ils discutaient, j'évaluais la hauteur du grillage.

– Venez ! les ai-je interrompus. Ce n'est pas cette clôture ridicule qui nous arrêtera !

J'ai lancé mon sac à dos de l'autre côté puis coincé ma torche entre les dents.

– Hé, regardez ! s'est exclamée Winter en désignant un petit écriteau.

FOLEY SECURITY

Centrale de surveillance électronique

ACCÈS INTERDIT À TOUTE PERSONNE NON AUTORISÉE

Site sous surveillance vidéo

— Je ne vois pas de caméra, et vous ? ai-je dit en escaladant la clôture.

Winter m'a suivi.

Boris a pris son élan à son tour. Il s'est laissé retomber à mes côtés dans l'enceinte en haletant.

21:33

Des mauvaises herbes envahissaient les ruines et poussaient dans les moindres lézardes des murs. Nous nous sommes avancés avec précaution sur le sol inégal et détrempé.

Une fenêtre à ogive intacte découpait étrangement un bout de ciel étoilé. À l'opposé se dressait une tour moins abîmée que les autres. Il m'a semblé distinguer, à l'intérieur, une statue perchée sur un socle, à moitié masquée par la saillie d'une pierre d'angle.

J'ai dirigé le rayon de ma torche sous une arche. Un morceau de plafond avait en partie protégé le dallage d'une pièce qui, à l'origine, constituait sans doute la grande salle du donjon.

Soudain, la peur et l'appréhension m'ont assailli. J'avais beau me répéter qu'Oriana de Witt, Drake Bones, Sligo, Zombie 2 et Sumo ne se mettraient plus en travers de notre chemin, j'avais l'impression qu'un danger nous menaçait.

Je devais me raisonner. Nous étions là où mon père nous avait guidés : au donjon de Guainagh.

Le pire qui pouvait nous arriver désormais serait de manquer de temps.

Winter a éclairé les parois couvertes de mousse jusqu'aux vestiges du plafond du premier étage, des morceaux de plâtre tachés, brisés, prisonniers du lierre qui s'insinuait partout.

À mes pieds, sous les gravats et les feuilles mortes, on devinait une mosaïque ancienne.

– Qu'est-ce qu'on cherche au juste ? a demandé Boris.

– Le problème, ai-je répliqué, c'est qu'on ne saura pas exactement ce qu'on cherche tant qu'on ne l'aura pas trouvé.

22:00

En entendant les cloches sonner, j'ai commencé à paniquer. Plus que deux heures avant minuit.

– Dispersez-vous, traquez tout ce qui peut ressembler à un indice, n'importe quel détail familier.

Au bout de plusieurs minutes de fouille éperdue, Boris et moi nous sommes dévisagés, consternés. Était-ce la fin de notre aventure ? Avions-nous abouti à une impasse ?

– Vite, par ici ! a crié Winter. Venez voir !

Nous l'avons rejointe aussitôt. Sa lampe éclairait une dalle brisée au pied d'une énorme cheminée. Il y avait un dessin gravé dessus, un minuscule motif usé par le temps.

– C'est une rose. Comme celle du dessin de mon père, avec le petit garçon.

Mon cœur s'est emballé.

– Et là ! Regardez ! Juste au-dessus.

– Le même motif que ta bague, a remarqué Winter. Un nœud de Carrick.

Lui aussi était érodé et presque invisible.

– La rose signale peut-être un emplacement particulier, ai-je suggéré en braquant le faisceau de ma lampe pour percer l'obscurité environnante.

J'ai adressé à mon père une requête muette : « Tu es venu ici, papa. Tu as découvert quelque chose. Qu'essayais-tu de me dire ? »

Alors que je scrutais les restes du plafond où se devinaient d'anciens décors peints, une lueur vive a soudain inondé l'intérieur de la ruine.

Sidérés, aveuglés, nous nous sommes tous les trois figés sur place. On y voyait comme en plein jour.

Qui était là ?

– Cachez-vous, ai-je ordonné à mes amis en plongeant dans l'étroit couloir par lequel nous étions entrés.

Je distinguais, au-dehors, le bourdonnement du groupe électrogène qui alimentait les projecteurs.

Accroupi dans l'ombre, je me suis penché pour jeter un œil à l'extérieur : l'énorme bulldozer démarrait. Tassée sur le siège de l'engin monstrueux, une silhouette voûtée le manœuvrait.

Je suis retourné en courant vers Boris et Winter.

– Dépêchons-nous ! Si on reste discrets, le conducteur ne soupçonnera pas notre présence. Pour l'instant, il charge d'énormes pierres sur une palette.

– À cette heure-ci ? s'est étonnée Winter, sceptique. En pleine nuit ? Seul ? Le soir du réveillon ?

– C'est complètement dingue, a admis Boris.

Les puissants projecteurs éclairaient le plâtre abîmé et décoloré d'un angle du plafond. Médusé, j'ai vu apparaître des lettres :

AMOR ET SUEVRF TOSJORS CELER

Par-dessus le grondement du bulldozer, Boris s'est exclamé :

– Waouh ! La même inscription qu'à l'intérieur du Joyau Ormond !

– Et là ! a ajouté Winter. Elle est répétée tout en haut du mur. Comme sur le vieux dessin dans le bureau du Pr Brinsley !

Nous nous tenions à présent dans une pièce exiguë, en retrait de la grande salle.

– Je *sens* que nous touchons au but, a affirmé mon amie. La rose et l'inscription nous montrent le chemin.

Pour ma part, j'étais submergé par un mélange détonant d'euphorie et de peur. J'étais proche, terriblement proche... mais de *quoi* ?

– Mince alors! Vous avez vu les dessins du sol? s'est écriée Winter en s'accroupissant pour les étudier de plus près.

Elle a arraché son écharpe de son cou pour frotter le sol.

– Ne restez pas plantés là, aidez-moi! nous a-t-elle ordonné.

Boris s'est mis à l'ouvrage avec son bonnet de laine, et moi à mains nues, afin de déblayer la mosaïque des feuilles et gravats qui la recouvraient.

Dehors, le grondement du bulldozer s'intensifiait.

– Encore heureux qu'il travaille à démonter les ruines et pas à les raser, a remarqué Boris.

Je me suis écarté pour éclairer la zone que nous venions de nettoyer. Les dessins apparaissaient beaucoup plus nettement.

– Levez-vous! ai-je crié soudain. Regardez...

Une guirlande de feuilles d'un jaune fané entourait ce qui avait dû être un immense ovale vert foncé. Aussitôt, j'ai sorti de mon sac le Joyau Ormond pour le comparer au motif.

– Aucun doute possible. Le Joyau Ormond est une réplique miniature de la mosaïque du donjon de Guainagh!

Fascinés par cette révélation, nous nous sommes dévisagés un moment sans bouger. Puis, pris d'une agitation fébrile, nous avons entrepris de dégager toute la surface du sol jusqu'à ce que d'autres motifs apparaissent.

– Là ! ai-je crié. Des carrés rouges et blancs ! Ils ne vous font pas penser aux rubis et aux perles qui entourent l'émeraude ?

Je frémissais d'excitation.

– Dépêchons-nous. Si jamais le type au bulldozer se rapproche, il nous repérera. Il n'y a pas une seconde à perdre.

Winter a récité entre ses dents le texte de l'Énigme Ormond tout en étudiant le sol.

– Il y a treize carrés blancs, a-t-elle précisé à voix haute. Et treize perles sur le Joyau Ormond.

Boris a poussé un cri victorieux :

– Ce sont les treize larmes de lune ! Treize carrés pour treize pas ! Les chiffres de l'Énigme se rapportent aux motifs de ce sol ! Mais le texte précise qu'elles vont vers « l'huis du Souleil ». Qu'est-ce que ça signifie ?

Le vacarme du bulldozer se rapprochait de manière inquiétante.

– Au Moyen Âge, l'huis désignait une porte, a expliqué Winter. Il faut chercher une ouverture assez grande pour laisser entrer le soleil.

J'ai observé autour de moi et imaginé les rayons du soleil se déversant à travers les arches béantes de la haute fenêtre en ogive percée au sommet de la tour qui se dressait derrière nous.

Le rugissement du bulldozer devenait assourdissant. Un choc sourd a ébranlé les murs et les vestiges du plafond de la salle.

— De jour, les rayons du soleil passent à travers cette immense ouverture et frappent le sol, ai-je crié.

Winter a couru vers l'amas de pierres accumulées au pied du mur, à l'opposé de la fenêtre en ogive.

Partant du premier carré blanc, j'ai compté à haute voix jusqu'à treize, en me dirigeant vers elle.

Un, deux, trois, quatre, cinq, six, sept, huit, neuf, dix, onze, douze, treize... Impossible d'aller plus loin. J'avais atteint la paroi. Mon nez touchait presque les pierres froides.

Ma déception était immense.

— Ça ne mène nulle part. On bute contre le mur.

— « Prendre un tour a dextre sur Champ de Gueulez », a psalmodié Winter.

— À dextre... Il faut tourner à droite ! a lancé Boris.

Je me suis exécuté, poussant du pied un tas de feuilles et de gravats.

— Te voilà sur un carré rouge, a remarqué Winter. « Sur Champ de Gueulez »... Gueules signifie rouge. Sur le sol rouge !

À cet instant précis, le moteur du bulldozer a semblé s'emballer et le mur qui me faisait face s'est lézardé.

Boris a hurlé :

— Montrons-nous sinon ce dingue va nous ensevelir !

— Pas question ! Il est bientôt minuit.

— « Pour le doux Peché de la Royne, un devra adjouster », a récité Winter, apparemment inconsciente du danger. Tu es censé avancer encore d'un carré. Si on en croit l'Énigme, il y a deux carrés rouges.

— Il n'y en a qu'un, ai-je riposté.

— Le mur se fend de plus en plus ! a prévenu Boris. Regardez la taille des pierres, on risque de se faire écraser.

Il avait raison, la lézarde s'élargissait, s'allongeait, de plus en plus profonde et menaçante.

— Mais non, ils ne vont pas détruire le donjon. Ils veulent en récupérer les murs, a objecté Winter.

Une pluie de petits cailloux est tombée de la fenêtre. Le mur adjacent s'est alors fissuré avec un bruit sec. Des pierres plus grosses se sont écrasées sur le sol, me bombardant de gravats.

— Cal ! a insisté Boris. Je ne plaisante pas, il faut sortir tout de suite d'ici. Quelque chose cloche.

— Non ! a protesté Winter. Pas question, on est trop près du but ! Seul un dernier indice nous échappe. L'Énigme mentionne un globe et un don : « Que le Globe se desclose et delivre le Don » ! Où est ce fichu globe ?

Boris nous a saisis chacun par un bras.

— Un cinglé aux manettes d'un bulldozer géant s'apprête à nous réduire en bouillie si on ne fiche pas le camp immédiatement !

Le sol et les murailles ont été agités d'un violent tremblement. D'une secousse, Boris m'a éloigné du mur.

– Vite, tout s'écroule!

– Attends! a plaidé Winter. Si on abandonne, Cal ne percera jamais le secret de la Singularité Ormond.

Une folle détermination brillait dans ses yeux.

À côté de moi, une lézarde s'est brusquement transformée en un zigzag sinistre courant tout le long de la paroi, provoquant une nouvelle cascade de pierres.

– Attention! ai-je crié en écartant Winter.

Le danger extrême auquel elle venait d'échapper de justesse a dissipé mes doutes. Boris avait raison. Il fallait fuir. J'ai attrapé Winter par le bras et l'ai tirée derrière moi. Nous nous sommes mis à courir tous les trois. Au même instant, un craquement assourdissant m'a incité à me retourner. Le mur devant lequel je me trouvais une seconde plus tôt a oscillé lentement avant de s'effondrer vers l'avant. Puis, tel un jeu de dominos, toutes ses pierres sont tombées les unes après les autres dans un nuage de poussière, révélant une nouvelle salle.

– C'était une fausse paroi! s'est exclamée Winter. Voilà pourquoi la mosaïque s'interrompait brutalement.

Elle s'est précipitée pour inspecter la pièce cachée. Elle avait la taille d'un abri de jardin.

– Il y a d'autres carrés rouges ! Vous les voyez ? Juste derrière le mur. L'Énigme ne mentait pas.

Une énorme pierre a frôlé Winter et s'est brisée en morceaux sur le sol, dégageant un nuage de poussière aussi dense qu'un écran de fumée.

Touché par un éclat sur la joue, Boris a lâché un juron et s'est éloigné de quelques pas.

Il m'a semblé entendre la cloche sonner onze heures mais je n'aurais pu le jurer, tant j'étais déstabilisé par le vacarme qui régnait dans le donjon.

J'ai attrapé de nouveau Winter par le bras pour la mettre à l'abri. Alors que j'esquivais une autre pierre, j'ai aperçu des taches colorées sur le dallage, au-delà des carrés rouges.

J'ai cligné des yeux. Je ne rêvais pas ! Protégée pendant des siècles par la paroi qui venait de s'effondrer, s'étendait une mosaïque en parfait état. Elle représentait un singe blanc tenant une balle – un globe – le même que sur le dessin de mon père !

– Boris ! Winter ! Regardez !

Tandis que nous le contemplions bouche bée, le sol a grondé puis s'est ouvert sous nos yeux ébahis. Les carreaux se sont fissurés, le singe et le globe se sont disloqués.

– « Que le Globe se desclose et delivre le Don », ai-je murmuré.

Le motif a paru se soulever, l'espace d'un instant, avant de retomber et de disparaître sous terre, comme avalé par un gouffre.

De toutes parts, les murs s'écroulaient. Le bulldozer continuait son œuvre de destruction.

Terrorisés, nous avons malgré tout avancé vers cette cavité qui s'élargissait, menaçant d'engloutir le dallage entier et nous avec, dans les profondeurs des fondations du donjon de Guainagh.

Brusquement, le bulldozer s'est tu. Les chutes de pierre se sont espacées. Le sol a cessé de trembler.

Il fallait profiter de ce répit. Sans perdre une seconde, Winter et moi nous sommes accroupis près de l'ouverture.

D'un amas de terre et de débris de mosaïque dépassait l'angle d'un coffre en bois.

Boris nous a rejoints en s'écriant :

– On a trouvé le trésor, mec !

Aussitôt, nous nous sommes mis à creuser avec frénésie pour dégager le coffre des décombres qui l'emprisonnaient.

23:08

– Cal ? a crié une voix depuis l'extérieur. Cal, tu es là ?

– Sharkey ! a répondu Boris. Par ici. Venez voir !

Nelson est apparu. Il s'est avancé en jetant des regards médusés autour de lui.

– J'ai arrêté ce fou avec son bulldozer, mais cette tour risque de s'écrouler d'un instant à l'autre. Il ne faut pas rester ici.

Sur ces mots, une énorme pierre a chuté juste derrière lui, nous faisant tous sursauter.

Quand ses yeux sont tombés sur le coffre, Sharkey a poussé un long sifflement.

– On dirait que vous êtes arrivés à vos fins.

– Oui, on a trouvé le trésor ! me suis-je exclamé. Vous nous donnez un coup de main ?

J'ai ressenti une incroyable poussée d'adrénaline. Je frissonnais de joie, d'excitation et j'avais chaud à la fois.

À nous quatre, nous sommes parvenus, au prix d'un effort colossal, à hisser le coffre hors de sa cachette puis à le transporter près de l'arche par laquelle nous étions entrés dans le donjon. Dès que nous l'avons posé par terre, un de ses côtés s'est brisé.

Aussitôt, par la fente, s'est déversé un flot de pièces d'or étincelant sous la lumière des projecteurs !

J'avais l'impression de vivre un rêve éveillé. Mes amis semblaient aussi enthousiastes que moi.

Se détachant du plafond, une lourde roche s'est écrasée sur le couvercle du coffre et l'a fait voler en éclats. Muets de stupeur, nous avons reculé.

J'apercevais à présent d'autres merveilles : des chaînes en or, des pierres précieuses, ainsi qu'un vieux parchemin en partie dissimulé par la roche. Mais, avant d'en détailler le contenu, il me fallait une preuve : s'il s'agissait bien de la Singularité

Ormond, je devrais démontrer que je l'avais découverte avant la date fatidique. Avant le dernier des douze coups de minuit du 31 décembre de cette année.

– Boris, on a réussi ! Commence à filmer !

– Pendant ce temps, a annoncé Sharkey, je vais chercher des sacs dans ma voiture.

J'ai à peine pris garde à ce qu'il disait. J'étais trop occupé à retirer les débris du couvercle pour mettre au jour les richesses qu'il camouflait.

– On a réussi ! ai-je hurlé à nouveau en me jetant dans les bras de mes amis.

Ivres de joie, nous nous sommes mis à danser sur place.

– Maintenant, examinons en détail ce trésor.

J'ai soulevé le parchemin d'une main tremblante. Au toucher, j'ai reconnu du vélin. J'ai déplié le document afin que Boris puisse le filmer facilement.

Codicille : La Singularité Ormond

Je vous confie cette mission, bien-aimé et fidèle Black Tom, mon époux caché, de même que je vous ai confié cette autre mission, il y a plusieurs années passées, lorsque notre honnête nourrice et servante vous a fait connaître, dans la plus grande discrétion, le gracieux fruit de notre « amor et suevre tosjors celer ».

Je sais de par ma confiance en vous que jamais cadeau d'aucune sorte ne pourra vous corrompre, et que toujours vous demeurerez fidèle et respectueux de ma volonté, car secret mutuel et éternel nous nous sommes l'un à l'autre juré. Je suis déjà unie à un époux, le royaume d'Angleterre, et n'en souhaite point d'autre car celui-là seul me suffit : une stèle de marbre proclamera qu'une reine a régné, vécu et trépassé sans engendrer de descendance.

Je vous charge de conserver notre sublime secret et, à cette fin, de transférer à ce dit secret droits, privilèges et titres désormais appelés Singularité Ormond, bénéficiant à la lignée mâle de Piers Duiske, afin que lui et ses héritiers jamais ne soient dans le besoin.

Au nom de l'amour que vous portez à sa mère, offrez-lui, lorsqu'il atteindra sa majorité, cette cape de velours noir ornée de pierreries et ce psautier brodé de ma main, avec les droits, privilèges et titres accordés par moi ainsi qu'il est établi ici.

Elizabeth Ière

Remis sous sceau royal, Hampton Court, 1573

– Elizabeth et Black Tom ont eu un enfant ! s'est exclamé Boris, épaté.

J'ai pris avec délicatesse un recueil à la couverture en soie brodée de fleurs – des roses Tudor – et ornée de perles minuscules entourant l'initiale « E ».

Je l'ai tout de suite reconnu.

– Winter, tu te souviens du portrait que tu m'as montré, dans le catalogue de vente aux enchères ? Sur ce tableau, Elizabeth portait ce livre à sa ceinture.

Un petit sac en cuir était posé à côté. Je l'ai ouvert avec précaution. Il renfermait un magnifique tissu brodé de perles fines et de fils d'or. En le touchant, j'ai eu l'impression d'effleurer la robe d'un ange. L'étoffe était tellement ancienne qu'elle s'est aussitôt désintégrée sous mes doigts.

– La soie n'a pas résisté au temps, a regretté Winter. Comme c'est dommage ! Mais admirez ce travail sublime. Quelle tristesse pour la souveraine de n'avoir jamais pu reconnaître son bébé. Oh, regardez !

Winter venait de ramasser un médaillon.

– Il ressemble au Joyau Ormond !

Elle me l'a tendu. Le bijou en or incrusté d'une pierre jaune sertie de diamants s'ouvrait en deux, révélant, d'un côté, un portrait miniature de la jeune princesse Elizabeth, et, de l'autre, celui d'un petit enfant en costume Tudor, tenant à la main une rose.

— Le garçon à la rose, a murmuré Winter. Comme sur le dessin de ton père !

— L'inscription du Joyau Ormond évoquait tout à la fois l'amour secret qui unissait Black Tom et Elizabeth, et celui qu'ils vouaient à leur fils, ai-je conclu.

Une pluie de pierres m'a ramené à la réalité. Il fallait quitter le donjon, mettre le trésor en lieu sûr.

Winter a tenté de réunir les lambeaux de soie brodée d'or et de perles.

— Elizabeth Ière avait confectionné ce tissu pour son bébé, cet enfant dont il lui était interdit de dévoiler l'existence. Black Tom en était le père, et la reine, sa mère, cette grande dame inconnue qui ne pouvait révéler son identité. La *magna domina incognita* mentionnée par le Pr Brinsley.

— Voilà donc le petit garçon à l'origine de la Singularité Ormond, a constaté Boris. Le futur Piers Duiske Ormond.

Les pièces du puzzle s'assemblaient enfin. Tout en désignant le trésor et le codicille signé par Elizabeth Ière, j'ai confirmé :

— Toutes ces richesses étaient censées revenir à Piers Duiske Ormond, sa famille et ses héritiers. Mais Black Tom semble avoir emporté son secret avec lui. On ne saura jamais pourquoi personne n'a découvert ce trésor plus tôt. Les descendants de Piers Duiske Ormond ont perpétué la lignée durant des siècles. Mon ancêtre Piers Ormond rassemblait des informations et des documents sur le secret de notre famille quand la Grande Guerre a interrompu ses recherches. Plus tard, mon père a pris le relais et réussi, par une chance inouïe, à mettre la main sur le Joyau Ormond. Ensuite, il est tombé malade et...

Ma voix s'est étranglée.

— Et tu es le descendant direct de cette lignée, a déclaré Winter. Le trésor serait revenu à ton père, puisqu'il était l'aîné des garçons de sa génération. Désormais, il t'appartient. Tu es l'aîné de ton jumeau, Sam. Ton héritage attendait depuis plusieurs siècles la personne capable d'interpréter l'Énigme Ormond en l'associant au Joyau Ormond.

J'aurais voulu réagir, il m'était impossible de prononcer un mot. Penser à mon père m'emplissait à la fois de joie et de tristesse.

— À votre avis, combien vaut cet énorme butin ? a demandé Boris, les yeux exorbités.

— Des millions, a répondu Sharkey qui venait de réapparaître avec plusieurs grands sacs de toile.

— Sans compter ces parchemins écrits en latin, a complété Winter. Ce sont des titres et des actes de propriété.

— Bon, assez perdu de temps, transférez tout dans les sacs.

Le ton brusquement autoritaire de Sharkey m'a interloqué. Je me suis redressé.

– On ne devrait pas plutôt prévenir les autorités ? Je tiens à agir dans les règles. J'ai découvert la Singularité Ormond avant la date limite et je veux que cela soit reconnu officiellement.

D'accord avec moi, Boris et Winter ont hoché la tête.

– On verra ça demain matin, a rétorqué Sharkey. Dès l'ouverture des banques, tu loueras un coffre-fort. De toute façon, tu auras besoin de l'autorisation des douanes pour sortir ce trésor d'Irlande. En attendant, il faut le placer en lieu sûr.

– Vous avez sans doute raison, ai-je admis.

Au fond de moi, je ne me sentais toutefois pas tranquille. Nelson nous a distribué à chacun une grande sacoche en toile. J'ai d'abord rempli la mienne avec les objets les plus lourds : des pièces et des chaînes en or. Par-dessus, j'ai placé les rangs de perles, les bagues serties de pierres précieuses étincelantes, puis le psautier et enfin le codicille de la Singularité Ormond signé par Elizabeth Ière.

– OK, a dit Nelson en serrant contre lui une sacoche bien garnie. On n'a plus qu'à charger le tout dans ma voiture.

Chancelant sous le poids de nos précieux trésors, nous avons quitté les ruines du donjon de Guainagh puis dépassé le bulldozer immobile en direction du véhicule de location de Sharkey. Ce dernier avait enfoncé une partie du grillage pour s'introduire dans l'enceinte.

– Là-bas ! s'est écriée Winter en indiquant la direction du marais qui avait englouti Sligo, Zombie 2 et Sumo. Je vous jure que je viens d'apercevoir une silhouette !

– Moi aussi, a renchéri Boris. Il m'a semblé percevoir un mouvement du côté de cet arbre...

– Dépêchez-vous, nous a pressés Sharkey.

Une fois les sacoches entassées à l'arrière du pick-up, il a entrepris de les fixer solidement. Sans attendre qu'il ait terminé, Boris, Winter et moi nous sommes installés dans la cabine, serrés les uns contre les autres, exténués mais heureux.

Winter nous a embrassés chaleureusement. C'était fantastique. Nous avions réussi à percer le mystère de la Singularité Ormond !

Désormais, nous pouvions rentrer chez nous et reprendre une vie normale.

23:32

Je regardais par-dessus mon épaule ces ruines qui avaient protégé si longtemps le secret de ma famille quand la portière côté conducteur s'est ouverte. Je me suis retourné. Le canon court d'un revolver automatique était braqué sur moi.

– Vous vous croyez drôle, Nelson ? ai-je demandé en pensant à une mauvaise blague de sa part.

– Dehors, tous les trois. Allez ! a-t-il ordonné en agitant son arme.

– Quoi ? s'est écrié Boris.

Winter paraissait perdue tout à coup.

– Nelson ? Qu'est-ce que ça signifie, que se passe-t-il ?

Il continuait à nous tenir en joue.

– Grouillez-vous ! Descendez immédiatement !

J'étais trop estomaqué pour bouger.

– Descendez ou je tire !

– Qu'est-ce qui vous prend ? ai-je protesté.

J'étais abasourdi, sous le choc. Puis peu à peu, j'ai compris.

Je me suis maudit de ne pas avoir écouté plus tôt la petite voix intérieure qui m'alertait d'un danger.

La liste de Drake Bones.

Eau-Profonde. Sharkey. Shark[1]. *Les requins nagent en eau profonde !*

Nelson Sharkey était Eau-Profonde !

Frémissant de colère, j'ai poussé mes amis hors du pick-up en hurlant :

– Vous prétendiez être de mon côté ! Et pendant tout ce temps vous nous avez menti. Vous avez fait semblant de nous aider pour mieux nous trahir !

J'étais fou de rage. J'ai voulu le frapper, mais un mouvement du revolver m'a arrêté net.

– Ne sois pas stupide, Cal. Contente-toi d'obéir. Vous aussi, a-t-il ajouté à l'intention de Boris et Winter.

1. Requin, en anglais.

— Et Sligo ? Vous prétendiez détenir une preuve contre lui ?

Sharkey a ricané.

— Juste un mensonge de plus auquel vous avez cru ! Sligo n'a pas tué ton oncle, Cal. C'est moi !

Furieux, j'ai ramassé une pierre pour la lui lancer à la tête. Il l'a évitée adroitement avant de se redresser avec un sourire mauvais.

— Alors, vos enfants ? Votre ancien métier ? Tout ça, c'était faux ? s'est indignée Winter, les larmes aux yeux.

— Je hais les enfants ! Je n'en ai jamais eu. Pas plus que d'ex-femme.

— Mais votre réunion de famille...

— Bidon ! Je ne vous ai pas quittés d'une semelle depuis notre arrivée. Je n'ai aucune famille à Dublin, je ne suis même pas irlandais ! Le seul détail véridique, c'est mon ancien métier d'inspecteur de police. Je menais, en parallèle, un petit business qui me rapportait pas mal de fric... avant que ma partenaire, la diabolique Oriana de Witt, me balance à ma hiérarchie.

— Mais et le trèfle à quatre feuilles ?

— Ah ! Un gadget muni d'une puce qui me permettait de vous localiser ! Merci pour l'idée, le gros !

Boris a encaissé, écœuré.

— Et Brinsley ?

— Ce vieil imbécile a refusé de parler.

– Vous l'avez assassiné ? Mais, je...

– Mais, mais, mais... s'est moqué Sharkey.

Chaque mensonge, chaque révélation, chaque traîtrise m'atteignaient avec la violence d'un uppercut. J'ai lancé un regard désespéré à mes amis. Winter semblait complètement abattue.

– Les passeports, a-t-elle murmuré, les renseignements, le trèfle à quatre feuilles... Nous avions confiance en vous.

– Justement, c'était ça l'idée de génie, a-t-il persiflé avant de nous obliger à repasser sous l'arche branlante et à regagner la salle en ruine du donjon de Guainagh.

Du coin de l'œil, j'ai alors réalisé que les phares du bulldozer venaient de se rallumer. Sharkey l'a remarqué lui aussi.

– Décidément, ce mec est increvable, a-t-il grommelé dans sa barbe. J'aurais dû employer les grands moyens. S'il imagine me payer pour faire le sale boulot à sa place et en tirer tout le bénéfice, il se trompe...

Qu'est-ce qu'il racontait ?

J'étais anéanti.

J'avais découvert la vérité sur la Singularité Ormond avant le 31 décembre à minuit. J'en avais la preuve enregistrée sur le portable de Boris. Mais à quoi bon si Nelson Sharkey s'emparait de mon héritage ?

Toujours sous la menace du revolver, Boris, Winter et moi nous sommes blottis dans un coin de mur branlant tandis que Sharkey reculait, puis se précipitait vers son pick-up. Impuissants, nous l'avons vu grimper dans la cabine et démarrer en projetant derrière lui une giclée de boue.

Soudain, dans un grondement de tonnerre, le bulldozer a traversé notre champ de vision. Son immense lame relevée visait le pick-up.

– Bon sang, il va le tuer! a crié Boris.

Des hurlements ont jailli au moment où la mâchoire géante de l'engin s'abattait sur le toit de la cabine et l'écrasait complètement.

– Sharkey est mort, pas de doute, a déclaré Boris.

– Qui conduit le bulldozer? a demandé Winter, stupéfaite.

Choqué par la vision d'horreur à laquelle nous venions d'assister, j'ai eu du mal à lui répondre.

– Aucune idée… Un complice de Sharkey, je suppose. Il faut en avoir le cœur net.

Boris s'est mis à hurler au chauffeur :

– Hé! Arrêtez! Qu'est-ce que vous fabriquez?

Mais le conducteur fou continuait à foncer vers nous… et vers l'arche. S'il la détruisait, elle s'effondrerait et entraînerait dans son sillage la tour chancelante qui nous ensevelirait tous!

– Il a l'intention de nous tuer, nous aussi!

À cet instant, le conducteur a passé la tête hors de la cabine et je l'ai reconnu.

Non ! Impossible !
Il était mort !
J'avais vu de mes propres yeux son corps sans vie.
Et à présent, il souriait.
Lui !
J'ai eu l'impression que tout se pétrifiait autour de moi. Les idées décousues qui n'avaient cessé de tourbillonner dans mon cerveau se rejoignaient tout à coup.

Pendant ce temps, le bruyant moteur du bulldozer s'emballait.

Je connaissais désormais l'identité de mon ennemi juré, l'auteur de presque tous mes malheurs depuis le jour où le fou, Erik Blair, m'avait lancé son avertissement.

Il fonçait sur moi à présent, visant délibérément le mur porteur dans l'intention de faire écrouler l'ensemble de la ruine sur nous.

À la vitesse de la lumière, les pièces manquantes du puzzle se sont imbriquées : un ex-botaniste qui s'intéressait particulièrement aux toxines des fougères ; les boîtes remplies de livres et de notes sur la botanique trouvées dans son bureau ; l'étonnement de Mrs Fitzgerald devant l'étrange comportement de son pensionnaire, le soir où elle l'avait surpris en train de se préparer une soupe d'herbes nauséabonde.

Étrange, certes, car un autre homme se trouvait dans la kitchenette.

Un homme qui ressemblait à s'y méprendre à mon père.

Un homme qui concoctait ce soir-là le poison destiné à son propre frère...

Ralf !

Ralf avait rejoint mon père en Irlande. Puis il s'était fait passer pour lui au manoir Clonmel où il avait mis au point sa mixture mortelle. C'était ce poison, et non un virus inconnu, le responsable de l'horrible maladie qui avait détruit le cerveau de mon père.

Mon oncle. Son frère jumeau. Qui jouait un double-jeu... *Double-Jeu*. Le dernier surnom sur la liste de Drake Bones.

La tête de Ralf est rentrée de nouveau dans la cabine. Lancé à pleine vitesse, le bulldozer menaçait plus que jamais de nous écraser.

– Sharkey était le détective privé engagé par Ralf pour me retrouver ! ai-je crié à mes amis. Ils étaient de mèche tous les deux !

Juste au moment où l'engin allait démolir l'arche, j'ai poussé Boris et Winter hors de sa trajectoire.

Le mur s'est déformé, courbé vers l'intérieur de la salle. Une cascade de roches et de mortier en est tombée. D'une seconde à l'autre, le donjon de Guainagh allait s'écrouler.

J'ai cherché des yeux une issue. L'extrémité de la grande salle était trop éloignée.

Il me fallait contrer Ralf en stoppant son bulldozer !

J'ai couru dans sa direction, zigzaguant entre les pierres qui jonchaient le sol, puis bondi de côté pour éviter in extremis la lame qu'il levait dans le but de m'écraser.

Je me suis élancé sur le marchepied et jeté sur mon oncle que j'ai arraché aux manettes.

– Assassin ! ai-je hurlé. Tu as tué mon père ! Tu as cherché à détruire toute ma famille !

Mon attaque l'a pris de court. La rage qui m'habitait depuis la découverte de la traîtrise de Sharkey s'est brusquement muée en pulsion meurtrière. Poussant un rugissement terrible, je lui ai cogné la tête contre la paroi métallique. Comme il grimaçait de douleur, j'ai repéré la tache de sang sur sa chemise. Quelqu'un lui avait effectivement tiré dessus...

Sans crier gare, Ralf s'est rebellé. Le nez en sang, il a dégagé ses mains pour me saisir par le cou. Il cherchait à m'étrangler !

Je l'ai frappé d'instinct. Le coup a suffi pour qu'il relâche un peu sa prise. J'ai profité de cette seconde de répit : d'une torsion soudaine, je me suis dégagé, lui glissant entre les mains et m'éjectant à l'extérieur. J'ai atterri lourdement sur le sol, roulé sur moi-même, rebondi sur mes pieds, puis couru aussi vite que possible en direction du donjon de Guainagh.

Écumant de rage, les lèvres retroussées, Ralf s'est lancé à ma poursuite. Derrière nous, le bulldozer sans conducteur montait à l'assaut d'un amas de pierres.

Boris et Winter se sont précipités à ma rencontre.

Déjà Ralf se jetait sur moi. Étourdi, tout d'abord incapable de bouger, j'ai repris mon souffle et tenté de le frapper mais au corps à corps mes coups manquaient de puissance.

Il a serré à nouveau ses doigts autour de ma gorge. J'ai roulé sur moi-même en lui tordant les poignets pour me dégager. Boris a voulu m'aider en le frappant à son tour. En vain, car je le gênais.

Tout à coup, Winter s'est mise à crier tout en tirant Ralf en arrière. Puis j'ai senti un poids s'abattre sur mes jambes et compris la panique de Winter. Une poutre venait de s'effondrer en travers de mes chevilles ! Elle me clouait au sol.

Profitant de mon immobilité forcée, Ralf s'est relevé en écartant violemment mon amie. Il avait ramassé une énorme pierre. Boris a foncé sur lui, mais il l'a repoussé avec une force incroyable. Dressé au-dessus de moi, mon oncle a brandi le bloc à bout de bras. Un rictus diabolique déformait son visage.

La poutre qui entravait mes jambes m'interdisait de me redresser.

Ralf allait lâcher la pierre. J'ai croisé les bras devant mon visage. Protection dérisoire.

D'une seconde à l'autre, ma tête exploserait sous le choc.

Soudain un grondement effrayant a retenti. Surpris, Ralf s'est retourné. La deuxième tour du donjon de Guainagh s'écroulait. L'imposante statue que nous avions aperçue à notre arrivée s'est détachée du mur au ralenti pour tomber en piqué. Droit sur Ralf !

23:50

J'ai échappé de peu à l'impact. Aussitôt, Winter et Boris se sont précipités vers moi pour soulever la poutre et dégager mes jambes. Tandis qu'ils m'aidaient à me relever, j'ai constaté que, bloqué sous la masse de la statue, le corps de Ralf demeurait inerte. Un peu plus loin, le bulldozer s'était immobilisé contre un gigantesque tas de pierres qui, autrefois, avaient constitué les murs du donjon de Guainagh.

– Tu peux marcher ? s'est inquiété Boris en me soutenant.

– Je ne sais pas.

Du sang suintait à travers mon jean. J'ai voulu faire un pas et failli tomber.

– Ne bouge pas. Attends un peu.

Winter s'est agenouillée à côté de moi.

– Tu as peut-être une fracture.

Un grognement s'est élevé là où gisait Ralf.

– Il est vivant?

Ralf semblait dans un état épouvantable, pourtant il n'était pas mort. De sa gorge est sorti un gargouillement sourd et rauque.

– Cal… aide-moi…

– J'exige d'abord de connaître la vérité, ai-je répliqué en me redressant tant bien que mal devant lui.

Il a gémi.

– Dis-moi absolument tout, lui ai-je ordonné. Avoue que tu as empoisonné mon père et que tu as tenté de m'éliminer, moi aussi. Avoue que tu as dégradé la coque du bateau de pêche, le soir de notre naufrage dans la baie des Lames. Et que tu as saboté mon gilet de sauvetage.

– J'avoue, a soufflé Ralf.

– Par la suite, tu as voulu me piéger en attaquant Gaby et en te blessant toi-même. Pour faire croire que je t'avais tiré dessus.

– Oui. Sharkey était mon complice.

– Et bien des années plus tôt, ai-je repris, tu avais engagé Murray Durham. C'est toi qui as ordonné mon enlèvement et celui de Sam, n'est-ce pas?

Je me rappelais à présent le plan de la maison que j'avais découvert chez lui, avec la croix marquant l'une des chambres.

– Réponds! ai-je crié.

– Oui, a admis Ralf dans un murmure.

– Et maman ? Pourquoi vous êtes-vous disputés si violemment l'autre jour ?

La poitrine de mon oncle se soulevait à peine, son regard devenait vitreux, sa respiration saccadée.

– Elle a... découvert... que je remplaçais... sa tisane... par un autre breuvage.

Sa voix était si faible que j'avais peine à distinguer ses paroles.

– Un breuvage... qui la rendait... docile... plus facile à...

– À contrôler, ai-je complété. Tu l'empoisonnais elle aussi !

Mon visage s'est tordu de dégoût. Ce salaud droguait ma mère ! Je comprenais à présent son changement de personnalité et pourquoi elle s'était retournée contre moi.

– C'est tout ? ai-je demandé. Tu es bien sûr que tu n'oublies rien ?

Ralf éprouvait de plus en plus de mal à articuler. Mais je devais savoir. Tout savoir.

– Parle !

– Elle a trouvé... le Joyau et l'Énigme. Là où... je les avais... cachés. Bones et moi... te les avions... volés. S'il te plaît, Cal... appelle une ambulance...

– À cause de toi, ma mère me hait ! Elle me considère comme un monstre !

– Ta mère t'aime, petit imbécile.

Et sa tête a roulé sur le côté.

23:59

Nous avons finalement réussi à dégager le corps inerte de la lourde masse de pierre.

Winter m'a tapoté le bras.

– Regarde, Cal, on dirait des ailes.

Elle avait raison. Nous avions sous les yeux la statue gigantesque d'un ange que des siècles et des siècles de pluie et de vent avaient rendu presque méconnaissable.

– L'ange Ormond! me suis-je exclamé.

– Venu au secours de l'héritier, a ajouté Winter.

Absorbé dans la contemplation de la statue, Boris a murmuré :

– Incroyable! La légende est devenue réalité. L'ange Ormond t'a sauvé la vie, mec!

Au loin, une cloche a commencé à égrener l'heure. Lentement, les doux tintements ont résonné dans la nuit.

Un, deux, trois...

J'avais découvert la Singularité Ormond juste à temps, et mes amis témoigneraient des confessions de Ralf qui me disculpaient de tous les crimes dont on m'accusait. Je pouvais rentrer chez moi. J'y serais libre. Plus besoin de fuir. Plus besoin de me cacher. Plus besoin de me tenir sur mes gardes.

Quatre, cinq, six...

J'ai songé au trésor. Allions-nous en hériter intégralement ? Cela nous permettrait de racheter notre ancienne maison de Richmond. Ma mère n'aurait plus jamais de soucis matériels. Je rembourserais mes dettes à Boris. J'offrirais à Dep des bijoux à ajouter à sa collection, en remerciement de l'aide qu'il m'avait apportée. Peut-être parviendrais-je même à le réconcilier avec sa mère.

Sept, huit, neuf...

J'ai attrapé Winter par la taille et nous nous sommes placés face aux ruines toujours illuminées, imités par Boris. Elle a levé sur moi des yeux étincelants. J'avais une envie folle de la serrer dans mes bras, mais avant de m'en laisser le temps, elle m'a enlacé et s'est dressée sur la pointe des pieds pour m'embrasser.

Je veillerais à ce qu'elle oublie à tout jamais Vulkan Sligo. Elle récupérerait la demeure de ses parents au cap Dauphin et pourrait enfin tourner la page. J'ai soulevé son poignet gauche et posé délicatement mes lèvres sur le petit oiseau tatoué à l'intérieur. Nous étions tous deux enfin libres de vivre une vie qui n'appartenait qu'à nous.

Dix, onze...

Boris a souri et passé un bras autour de mes épaules. Nous nous sommes dévisagés, épuisés mais fiers. J'avais vraiment les deux meilleurs amis du monde.

Douze !

Le dernier son de cloche s'est répercuté à travers le marais, puis le silence est retombé. Minuit, le 31 décembre. Nous avions réussi. Au bout de 365 jours, nous avions finalement atteint notre but.

J'ai pensé à Ryan, mon frère jumeau retrouvé. Désormais, nous avions la vie devant nous pour rattraper le temps perdu et apprendre à nous connaître.

J'ai imaginé ma mère, m'accueillant devant notre maison. Redevenue elle-même, libérée de Ralf et de ses poisons. Gaby, gaie et insouciante à son côté. Tous les trois réunis, formant à nouveau une famille.

Alors l'image de mon père m'est apparue. Il me souriait…

Apaisé, je me suis adressé à Boris et Winter.

– On meurt de froid, ici. Rentrons.

ÉPILOGUE

31 janvier

Boris, Winter et moi sommes de retour en Australie. Le mois de janvier se termine – mais il a été très différent du précédent.

J'ai rejoint Gaby et ma mère, qui a vite recouvré sa personnalité. Nous projetons de racheter notre ancienne maison de Richmond. J'ai hâte de m'y installer à nouveau et de faire plus ample connaissance avec Ryan. Je lui apprendrai tout sur notre père et les dessins qui m'ont mené à la Singularité Ormond.

Mon avocate, Belinda Quick, se charge de démonter les dernières accusations portées à mon encontre et de récupérer pour moi, l'héritier, et pour notre famille la part du trésor qui nous revient.

Quant à l'avocate Oriana de Witt, elle a été récemment condamnée et incarcérée suite aux accusations portées contre elle par Kevin, son ancien employé.

Je compte verser à Boris, sa mère et sa grand-mère, assez d'argent pour qu'ils n'aient plus jamais de difficultés financières. Boris est impatient de se lancer dans les études qui lui permettront de se spécialiser en systèmes biométriques et micros miniaturisés. Ça promet ! Il rêve toujours de sortir avec Madeline Baker. Sur ce plan-là, il aura peut-être besoin des conseils de Winter...

Winter a fourni à la police la preuve que Vulkan Sligo est responsable de la mort de ses parents et qu'il a détourné son héritage. Tous les biens de sa famille lui seront bientôt restitués. Elle est soulagée, mais fait parfois le cauchemar d'un truand s'échappant du marais d'Inisrue...

Je suis allé rendre visite à Dep dans sa caverne pour lui offrir une mallette pleine à craquer de bijoux. Quand il l'a ouverte, il est resté sans voix. Pourtant, je lui ai fait un plus beau cadeau encore. J'ai découvert par hasard qu'il était le fils de Melba Snipe, la gentille vieille dame qui m'avait hébergé. J'ai réussi à le convaincre qu'elle serait très heureuse de le revoir et, depuis, il ne cesse de lui rendre visite...

L'Énigme, le Joyau et le codicille de la Singularité Ormond sont désormais conservés dans un lieu sûr et secret.

Quant à moi, je suis redevenu un lycéen ordinaire de Richmond. Enfin, pas tout à fait ordinaire, je suis toujours poursuivi... par des gens qui veulent en savoir davantage sur ma vie et le DMO, le Dangereux Mystère Ormond. Et aussi sur ma lointaine aïeule, une certaine Elizabeth Ière.

Voilà mon histoire...

Retrouve Cal
et toute la série

sur le site

www.conspiration365.fr

un **forum** pour dialoguer avec les autres fans,
des **infos** (résumés des épisodes…),
des **cadeaux**, des **accessoires**, des **objets**
(badges, tee-shirts, sac à dos…),
des **surprises** (vidéos, quiz, concours,
fonds d'écran de portable…).

L'auteur

Née à Sydney, Gabrielle Lord est l'auteur de thrillers la plus connue d'Australie. Titulaire d'une maîtrise de littérature anglaise, elle a animé des ateliers d'écriture. Sa quinzaine de romans pour adultes connaît un large succès international.

Dans chaque intrigue policière, elle attache une importance primordiale à la crédibilité et tient à faire de ses livres un fidèle reflet de la réalité.

Elle a suivi des études d'anatomie à l'université de Sydney, assiste régulièrement aux conférences de médecins légistes, se renseigne auprès de sociétés de détectives privés, interroge le personnel de la morgue, la brigade canine ou les pompiers, et effectue aussi des recherches sur les méthodes de navigation et la topographie. Au fil du temps, elle a tissé des liens avec un solide réseau d'experts.

Depuis plusieurs années, Gabrielle Lord désirait écrire des romans d'action et de suspense pour la jeunesse. C'est ainsi qu'est née la série *Conspiration 365*, qui met en scène le personnage de Cal Ormond, adolescent aux prises avec son destin.

Impression réalisée par

BRODARD & TAUPIN

La Flèche

*pour le compte de Rageot Éditeur
en octobre 2010*

Imprimé en France
Dépôt légal : octobre 2010
N° d'impression : 59821
N° d'édition : 5258-01